참나를 찾아서

| 행담 지상 지음 |

청어

참나를 찾아서

행담 지상 지음

발행처 · 도서출판 **청어**
발행인 · 이영철
영 업 · 이동호
홍 보 · 최윤영
기 획 · 천성래 | 이용희
편 집 · 방세화 | 이서윤
디자인 · 김바라 | 서경아
제작부장 · 공병한
인 쇄 · 두리터

등 록 · 1999년 5월 3일
(제321-3210000251001999000063호)

1판 1쇄 인쇄 · 2015년 9월 1일
1판 1쇄 발행 · 2015년 9월 10일

주소 · 서울특별시 서초구 효령로55길 45-8
대표전화 · 02) 586-0477
팩시밀리 · 02) 586-0478

홈페이지 · www.chungeobook.com
E-mail · ppi20@hanmail.net
ISBN · 979-11-5860-343-4(03810)

이 도서의 국립중앙도서관 출판시도서목록(CIP)은 서지정보유통지원시스템 홈페이지
(http://seoji.nl.go.kr)와 국가자료공동목록시스템(http://www.nl.go.kr/kolisnet)에서 이용하
실 수 있습니다.(CIP제어번호: CIP2015021791)

참나를 찾아서

작가의 말

　이 글을 펴내기까지는 숱한 우여곡절과 망설임이 있었다. 혹여 이 글로 인하여 많은 선인 현필 분들에게 누를 끼칠까도 염려되고 졸속한 필담으로 인하여 사부대중의 조롱거리로 전락되어 또 다른 고행의 연속이요, 수행발원의 좌절감으로 초발심을 잃을까 걱정되었기 때문이다. 이에는 경제적 여건도 물론 한몫하였다.

　하지만 어려서부터 오늘날까지 빈곤과 외로움과 서러움의 연속 하에 이를 타파하고 벗어나서 남들과 같이 잘살아보려고 무던히도 노력하고 찾아 헤매던 그 무엇이 아련한 꿈속의 무지개처럼 잡힐 듯 잡히지 않고 '이래야 된다', '저래야 된다' '여기 가면', '저기 가면', '복종', '맹종', '때가 되면', '저절로 절로' 등의 타성에 이끌려 헤맸다.

　오늘날 그 무엇의 끝자락을 간신히 붙잡고 보니 허구와 미명에 허덕이며 타처로만 떠돌던 무지와 몽매로 인하여 지나온 나날들이 너무도 고달프고 힘들었다. 하여 본인은 미혹한 필력이나마 춥고, 배고프고, 아프고, 슬프고, 서럽고, 고달팠던 나와 같은 고난들을 단 한 사람이라도 겪지 않도록 하고자 하는 심정으로, '내가 구정물에 손 안 담그면 누가 담그라' 하는 마음으로 큰 용기를 내어서 본 대로, 느낌대로, 알음대로 나의 온 마음으로 많은 사람들의 행복을 기원하며 미흡하지만 용기를 내어 편찬하게 되었다.

필력의 조악함에 허수히 웃어넘기기 전에 '나는 그 무엇을 찾아서', '나는 그 무엇을 위하여'를 한 번쯤 마음으로 음미하여 본다면 실로 많은 성득이 있으리라 본다.

'그 무엇'이란 우리가 추구하는 것이요, 울고 웃는 것이요, 각고의 노력하는 데 따라서 행복도, 불행도, 성공도, 실패도 있기 때문이다.

끝으로 이 글을 접하는 사부대중, 남녀노소 모든 분들의 원만 성취와 지혜의 공덕을 마음껏 누리시고 행복하시기를 기원한다. 또한 저 어두운 무저갱의 나락 속에 빠져 허우적대는 나를 끌어올려 재기의 발판을 마련토록 물심양면 희생을 아끼지 않고 도와준 명진 스님과, 나로 인하여 궁핍과 고난의 역경 속으로 내몰린 세속의 애심 어린 가족에게 이 글이 나오기까지의 애심과 고마움, 그리고 행복을 기원하는 마음을 바친다.

행담 지상 합장

차례

12 기쁨과 행복은 어디에 있는가

16 건강을 위하여

23 도라는 것은

27 선과 악

34 기란 무엇인가

40 아상심화, 아중심수

42 아타도덕

43 일락서산 월출동이라

45 그라네 나라네

46 마음 찾아 어울령

48 보아라

49 분별지심

50 선객

51 좋은 줄 알면서

52 행복여행

성공

54 성공으로의 보약

56 우리는 지금 무엇을 향하여 질주하며
    어느 곳을 향해 달려가는가

59 성공의 열쇠는 유무심의 관조

62 참 선업 수행 정진의 삼대 기본수칙

68 옴마니 반메훔

73 본 대로, 느낀 대로, 바란 대로

83 이목구비신

84 지식의 덕성

86 나를 향하여

94 인행 응보

97 풍기수행

99 방일품

102 심생념 심생기

104 무아지경

105 용을 잘 부리고 다스리면 성공한다

106 이 성정만 체득한다면

일상

110 하나님 아버지? 단군 할아버지?

116 소리란 혼의 울림이자 상이다

122 참나

123 나의 제자에게

129 천인지심

130 생쥐의 관심

134 인아산행

136 상생의 도리

139 묘할레라, 심성가지

141 심즉불 심즉성

143 소리의 에너지

151 안수 정등

153 발심정득

154 문고리

155 풍우공

명상

158 순리도

160 원득성

162 아상허실

163 삼정기도

164 인예덕성

166 상도

168 법견유행자

169 심행참

171 우여 우여

172 참망불도

174 심기화복

175 아인상

177 너나 무상견

178 유불무불

179 유무상도

사랑

182   시방의 벌 나비야, 나를 보고 느끼어라

185   엄니, 용서혀유

187   야명주

189   이 중생을 어이할꼬

191   관심

192   채움과 비움

194   듣자하니 듣자하니

195   사랑하는 나의 아들아, 딸들아

197   하나가 아빠에게

198   두나가 아빠에게

200   아빠의 사랑하는 아들이

202   단 한 번

205   비사량 타령

207   이리 뱅뱅 도리 뱅뱅

행복

기쁨과 행복은 어디에 있는가

우리는 늘 행복과 기쁨에 대해 논하고 설하며 누구라 할 것 없이 모두가 지향하고 갈망한다. 또한 그것을 인생복전의 최대지표로 삼고서 성쇠고락의 번뇌와 애락에 허덕이며 동분서주하다가, 인생 말년에 가서는 거의 대다수가 인생의 허망함과 명리의 허무함을 느낀다. 그리고 살아오면서 들였던 모든 공과 노력을 허사로 느끼고 후회와 자조 속에 생을 마감한다.

지나고 보면 이렇게 허무하고 공허한 기쁨과 행복을 추구하고 갈망하며 주야장창 고뇌와 번민의 늪에 빠져 명리와 재욕을 좇아 동분서주하며, 과거의 미명과 미래의 성공을 꿈꾸며 현실을 간과한다. 남이야 어찌 되든지 나만 아니면, 나만 좋으면 된다는 이기심과 잘난 척, 똑똑한 척하며 배려와 존중은 배제하고 자기 위주로 이끌려 하며 오로지 자신을 내세운다.

스스로 자화자찬하며 상대를 업신여기고 멸시 내지는 홀대하며 베풀기보다는 받기를, 의논보다는 독선을, 아우르기보다는 배척을 지향하며 그 속에서 기쁨과 행복을 추구하니, 이러함이 다 말년에 가서는 허무와 공허를 느끼며 자조와 후회로서 기쁨과 행복을 좇아 동분서주하였음이 후회된다. 하며 생을 마감할 즈음에는 눈물지으며 한스러워하는 것이다.

하면 진정 기쁨과 행복은 허망함이 아닌 자기만족과 인생의 후회 없는 가치관으로서 너와 나의 분별없는 상호공생의 복락을 누릴 수 있는 추구적 가치관으로서 존재하는 것인가?

있다 하면 어디에 어떠한 모습으로 존재하며 어떠한 이상과 행심으로써 그 실체를 찾고 가꾸어서 우리가 서로 공유하고 누리며 다 같이 기쁨과 행복의 나날로서 인생의 즐거움을 누릴 수 있을 것인가?

그렇다. 우리는 누구나 할 것 없이 인생의 기쁨과 즐거움을 갈망하고 추구하며 좌충우돌, 동분서주하며 헤매지만 막상 이 기쁨과 행복이 파생되는 본질과 성정을 바로 보지를 못하여 있다, 없다, 이거다, 저거다 하며 혼란과 미혹에 헤매다 혹자는 좌절과 절망에 빠지고, 혹자는 실패와 패망에 빠지고, 혹자는 육신이 찌들고 병이 들고, 혹자는 아상고의 늪에 빠져 허덕이며 생, 장, 소, 병, 몰의 고통에 신음한다.

허나 이는 우리가 현실을 직시하지 못하고 환상적인 이론에만 치우치고 자신만의 아승심에 매여 평범한 일상과 주변의 상황이 아승심의 테두리 밖이라 하여 무심히 넘기고 허수히 흘려버리기 일쑤이기 때문이다.

때문에 분명히 존재하는 무한복락의 기쁨과 행복을 바로 보지 못하고 그로 인하여 그 좋은 복전을 누리지 못하니 어찌 아니 가련하다 할 것이며 아무리 잘난 척 한들 돌아서면 소가 웃고, 뱀이 혓바닥을 내밀며, 뒤통수에 팔불출이라는 비웃음을 사지 않겠는가.

자, 그렇다면 어찌하여야 어리석고 우매하다는 소리를 듣지 않고 만인의 칭송을 받으며, 현자로서의 진정한 기쁨과 행복을 추구하고 그 복전을 누리며, 또한 남들에게도 권장하고 주창하여 다 같이 인생복전의 기쁨과 행복을 누릴 수 있을 것인가?

이제부터 한번 짚어보자. 이는 대학을 나오고 박사, 석사 학위를 따고 학식과 권력과 재력이나 인물이 잘나고 곱다 하여 되는 게 아니다. 이는 오히려 까딱 소홀하면 교만이나 아상의 독해를 입어 어찌 보면 남보다 더 많은 애로와 장애를 받으니 그만큼 더 노력하여야 할 것이요, 또한 지식이 모자라고 권력, 재력, 인물이 못났다 하여 그 복전을 누릴 기회가 모자라는 게 아니니 자조와 실의에 빠져 스스로를 비하시킬 이유가 없다.

어찌 보면 진정한 사람의 도의는 평민들의 일상에서 나오는 것이지 박사, 석사 등 학력 또는 재력, 권력 등에서 나오는 게 아니다. 즉, 혹자는 능력이 없다 하나 무한한 잠재적 가치를 품어내는 것이 평민이다. 혹 능력이 있다 하나 교만과 아승심에 자신을 내세우는 데 급급하고 도의가 아닌 배타적으로 그 힘을 사용한다면 무슨 소용이 있겠는가.

따라서 우리는 사람으로 존재하는 한 나보다 잘난 사람 하나도 없고, 나보다 못난 사람도 하나 없다는 평등심으로 자중하고 인욕하며, 아상을 버리고 비하를 놓고 기쁨과 행복을 얻는 법을 숙지해야 한다. 그러하면 개나 돼지가 아닌 이상 그 누구라도 잘 익은 과실을 얻어 일평생 복락을 누릴 것이니 이는 곳 삶의 곳곳이 조화극락이요, '반야바라밀'의 도화선경이 펼쳐질 것이다.

소에게는 여물에, 말에게는 당근에, 개에게는 뼈다귀에, 독사에게는 들쥐에, 꽃에게는 벌과 나비에 기쁨과 행복이 있다. 그럼 잘나도 사람이요 못나도 사람인데, 사람으로서 기쁨과 즐거움의 행복은 어디에 있을까? 사람에게는 베푸는 마음에, 받는 사랑보다는 주는 사랑에, 배려와 존중심에, 측은과 보은지심에, 평등지심과 자애자비심에 행복과 기쁨이 있다.

우리는 이러한 말은 눈이 아프고 귀가 따갑도록 보고 들었으나, 교만과 아집, 시기와 질투에 이용되어 그 실상을 바로 체득 못하고 허구와 가식으로 매진하다 보니 많은 부작용이 파생되어 그로 인한 고통에 허덕이나니, 이제라도 바로 보고 바로 행한다면 사람인 이상 그 누군들 복전을 누리지 못하겠는가.

우리는 스스로 갈고닦고 행하여서 기쁨과 행복을 추구할 생각은 저버리고 누군가의 기쁨과 행복을 빼앗아 취하거나 행여나 그 어디에서 절로 얻어지는 게 아닌가 하고 안일하고 태만하게 허송세월을 보내고 있지나 않나 자문하고 살펴서 부단히 노력하여야 할 것이다.

건강을 위하여

'내 몸은 내가 아니라 내 것이다.' 내가 접했던 여러 건강 단체에서 인성개발을 목적으로 숱하게 설하고 가르치고 있다. 하지만 대부분 접하는 순간순간마다 이를 심도 있게 각성하고 이해하려고 하기보다는 그저 알듯 말듯하여 무심하고 예사롭게 들어 넘긴다.

그 정보와 여운은 내 머릿속에 각인되어 하나하나의 정보들을 종합·정리하여 되새기며 각성하면 그 뜻과 해답에 한 보 한 보 다가감에 따라 경의와 탄성이 절로 나며 새삼 이 시대의 밝은 가르침 중에 그 어느 법보다도 참 진의 정언이로구나 하는 생각이 들게 된다.

이 문구의 뜻을 각성하고 사고하며 나를 찾는 수행을 하던 중에 보고 듣고 배워왔던 수련법들을 내 환경과 생활에 맞추어서 다듬고 변형시켜 수련 하던 차에 나름대로의 효과를 느낀 일상 중 장운동법이 있어서 소개하고자 한다.

이 방법은 남녀노소 누구라도 일상의 쪼들림과 시간의 각박함에 구애됨이 없이 언제, 어디라도 관계없이 본인이 하겠다는 마음만 먹으면 그 누구도 자유롭게 행할 수가 있다는 이점이 있다. 또한 그 파급효과는 여느 운동의 효과에 견주어 봐도 결코 뒤떨어지지 않는 보신력이 있다고 자신한다.

우선 기본적인 장운동은 여러 단체에서 항시 기본으로 가르치고 수련하므로 새로이 논할 필요가 없으니 각설하고 본인의 방법론을 이야기하겠다. 본인의 수련법은 유수의 장운동에 문제가 있어 권하는 게 아니라, 그 수련법을 내 환경과 생활상에 맞추다 보니 선뜻 수련하기가 어려운 점들을 개선하여 쉽게 수련할 수 있도록 하며 보다 많은 대중들이 건강을 챙기길 바라는 마음에서 개발한 것이다.

그럼 왜 수많은 운동 중에 유독 장운동을 권장하고 유수의 건강관련 단체들도 장운동을 기본 준비운동으로 시킬까? 내 몸은 내가 아니라 내 것이다. 내 것이니까 내 물건이니까 내가 사용하고 애용하는 한, 이것은 남이 아닌 내가 보살피고 가꾸어야 하며 지켜야 한다.

내 것이라 치부할만한 것은 무수하게 많으나 그중에서 제일 중요한 게 내 몸이다. 즉 내 몸은 나라는 존재가 기거하고, 이를 이용하여서 사고하고 운용할 수 있으며, 영과 혼이 존재할 수 있는 근본자리인 것이다.

그러므로 나의 몸을 이용하여 심신의 영혼이 행복과 안락을 추구하며 정진할 수 있고, 너와 내가 통할 수 있으며 사회와 가정, 이웃, 더 나아가서는 이 우주와 온 인류에 이바지할 수 있는 능력을 키우고 가꿀 수 있는 것이다. 이러한 정신의 출발점과 발전의 원동력인 나의 몸을 그 무엇과 바꿀 수가 있겠는가.

이렇게 소중한 내 몸의 관리에 있어서 가장 기본이 되는 것이 바로 장의 건강이라 하겠다. 장이라 하면 오상인 간장, 심장, 위장, 폐장, 신장이 있으며, 이 오장 중에서 중심 장이 위장이다. 그러므로 위장을 보하고 다스림으로써 간장, 심장, 폐장, 신장 등 사대 장을 동시에 보위할 수 있고, 유익한 영양소를 공급할 수 있는 것이다.

설명을 하자면, 우리 몸의 에너지원은 어디인가? 바로 위장이다. 우리가 먹고, 마시고, 분해하여, 배출하고, 그 많고 많은 음식들을 소화시키고, 발효시키는 모든 과정들이 위장 속에서 이루어지고 독소와 영양소의 분리 및 공급배출이 이루어지는 곳이다.

장이 나쁘거나 허하거나 약하면 그 기능이 온전하지를 못하니 간장은 해독에 무리를, 신장은 정혈에 부담을, 심장은 혈행에, 폐장은 산소의 공급에 과도한 무리가 따를 수밖에 없다.

그에 대한 부작용은 전신으로 고루 나타나서 우리의 몸은 허물어지고 그로 인하여 집이 허술함에 발판이 미약하여 강건한 활동을 할 수 없으니 이보다 더 안타까움이 어디에 있겠는가.

위장이 튼튼하고 활발하게 움직이면 그 자체의 이득뿐 아니라 여러 장기들의 보조 역할들을 하여 간장, 신장, 폐장 및 심장의 부담을 한껏 덜어줘서 위장의 건강운동 하나로 인해서도 사대 장기 및 모든 신체가 강건한 영향력을 누릴 수가 있으니 이 얼마나 중요하고 대단한 활공법인가.

여기까지만 알아도 당신은 우선 가장 중요하게 장운동의 필요성과 초발심의 기초를 다진 것이다. 최소한 '아! 장이란 게 대단히 중요한 거구나.' 하는 느낌을 받았다면 당신은 가장 중요한 장운동법을 배운 것이다.

'심기혈정' 즉, '마음 가는 곳에 기가 가고, 기가 가니 혈이 가고, 혈이 가니 힘이 난다.' 하는 원리에 의하여 당신의 생각 자체가 이미 장운동이기도 하기 때문이다. 마음을 일으키는 것, 이것이 선결되어야만 극대한 효과를 얻을 수 있으니 필히 가장 중요하게 여겨야만 한다. 그 이외의 모든 법은 차선책일 뿐이다.

잘 익은 홍시도 나무 위에 달려 있으면 무의미하고, 따먹겠다는 마음이 일어야만 나무 위에 오를 수 있고, 취하기 위하여 노력을 하며, 마음이 일지 않으면 한낱 빛 좋은 개살구일 뿐이다.

여기에 제시하는 방법론들은 본인이 끝없는 시행착오와 반복적인 노력에 근거하여 직접 실행하였고 그에 대한 효과와 공덕을 누리는 바, 조금이라도 더 많은 사람들과 공유하고자 적어본다.

본인의 지식이 모자람과 필력의 미숙으로 인하여 본론이나 서론 등의 문장들이 엉망이지만, 이 글은 마음으로 쓰는 것이니 대견하게 여기고 누구라도 그 효과는 크게 누릴 수 있다는 것을 자신 있게 말할 수 있다. 따라서 이 운동법을 긍정적인 생각으로 수행·노력해 보기를 적극 권장한다. 그럼 신체적 장운동법은 어떻게 하는 것인가.

먼저 분심법을 행한다. 분심법이란 '나눈다' 즉, '마음을 나눈다'는 뜻이다. 우선 한 마음은 일상을 행하고, 또 한 마음은 복부를 떠올린다. 즉, 대화나 작업 등을 행하면서도 조금씩만 복부에다 의식을 가하여서 전후로 진퇴(밀고, 넣고)를 반복하는 것이다.

처음에는 다소 불편하지만 약 15일에서 30일 정도면 불편함이 줄어들고 자연스러워진다. 그리하여 행하기가 쉬워지면 다음 단계로 호흡과도 연계를 시키는데 들이쉬며 넣고, 내쉬며 밀고를 3~4회 한 후 반대로 들이쉬며 밀고, 내쉬며 넣고를 역시 3~4회 반복한다. 이는 초기에 습성을 기르기 위한 방편이지 특별한 강제성은 없다.

이리하여 어느 정도의 행하기가 수월해지면 앞의 방법론을 순서나 때에 관계없이 각자의 호흡이나 습관, 상태에 연결하여 행하기가 자연스러운 상태로 각자에 맞게 고착시킨다.

앞의 방법론을 행하는 데 있어서는 호흡과의 연결만 중시하고 자세나 횟수, 시점 등에 너무 집착이나 연연 말고, 두 번째 단계가 약간 힘이 드나 이것 또한 의지적인 문제일 뿐 육체적인 괴로움은 아니므로 누구라도 무난하게 시행함이 가능하다.

그리하여 이러한 방법들이 어느 정도 고착화가 되면 들이쉬며 밀고 내쉬며 넣고 하는 것이 자연스러워지고 이러한 것을 꾸준히 연습하다 보면 어느 순간에 당신은 일상에 구애 없이 복식호흡이 이루어지고, 그로 인하여 장운동이 절로 되어 면역력의 증가로 인한 건강의 즐거움을 한껏 누릴 것이다. 이것은 시중에서 수련하는 단전호흡과 같은 맥락이다.

또한 건강에 유익하다는 단전호흡의 좋은 기틀이 될 수 있으며 온몸으로 흐르며 발산되는 전류와 같이 짜릿함과 상쾌한 기감을 한껏 맛볼 수 있음을 자신 있게 말할 수 있다.

본문의 방법론 중에 '분심법'에 대한 해석을 덧붙인다면 이렇다. 우리들이 살아가면서 무심으로 사는 사람은 아마도 없을 것이다. 무심이란 시작도 끝도 아니기 때문이다. 즉, 무란 없음이요 무심이란 없는 마음이다. 마음이 없으니 움직임이 없는 것이다.

따라서 우리는 유심으로 즉, 수없이 많은 마음들이 얽히고설킨 가운데 본심은 무엇인지도 모른 채, 이 마음이 그 마음인가 그 마음이 이 마음인가 하면서 살아가고 있는 것이다.

따라서 본심이란 여러 개로 나뉜 마음 중의 한 가닥이라 할 수 있으며, 분심법이란 새로운 그 어떤 특수한 방법론이 아니라 우리들이 매일같이 행하면서도 무심하게 지나침을 일깨우는 뜻일 뿐이다. 왜냐하면 우리들은 자신들이 자각하지 못한 채 항시 분심의 생활을 하면서도 알아채지 못하기 때문이다.

그러므로 본문 중의 분심법을 어렵게 해석 말고, '아! 내가 일으키는 생각들 중에 하나를 할애하라는 뜻으로 분심법이라 했구나. 맞아. 내가 아침에 밥 먹으면서도 출근길 도로의 상황은 어떨까, 점심은 뭘 먹을까, 오늘 스케줄은 무엇이지 등 여러 가지 생각을 했는데 이게 바로 분심이요, 각성하니까 분심법이로구나.' 하는 등으로 쉽게 여기면 된다.

부산에 가는 데 오래전처럼 굳이 걷는다면 석 달이요, 문명의 이기를 이용한다면 수 시간 안쪽이요, 분심법을 행한다면 순간이 부산이요, 우주가 내 품 안에 다 있는 것이다.

여러분, 부디 각고 대심하여 일신의 건강과 만인의 행복에 이바지할 수 있는 유쾌하고 건강한 이웃들이 되어서 서로 손에 손잡고 모두 다 행복하시길 바랍니다.

도라는 것은

도란 무엇인지 한번쯤 생각해 본 적 있는가. 우선 도 하면 언뜻 쉽게 떠올리는 게 허연 백발에 석 자 수염, 꼬부랑지팡이, 바랑봇짐에 호로병, 염주 정도가 아닐까 싶다. 산 할아버지, 산 할머니가 삿갓에 바랑지고 목탁 치며 '아미타불' 하고, 머리 기르고, 수염 기르고, 핫바지 입으면 도 닦는 사람이다, 이러지 않는가.

혹여 누가 산에 간다 하면 도 닦으러 간다 하고 무조건 무언가 신비함과 호기심이 내재된 눈으로 바라보지는 않는가. 하지만 조금만 더 신경을 써보면 그렇지 않다.

도라는 말은 우리 모두가 너무나 크게도, 작게도, 깊게도, 얇게도 남용하고 오용하며 누가 아니라 해도 빼고 지울 수 없는 글자 그대로 도리로서 우리들의 생활에 깊이 넓게 뿌리박혀 있다.

우선 우리 사회 속에서의 오용을 본다면 도둑질, 도둑놈 등이 무엇인가. 도란 구함, 길, 이치 등등의 뜻이요, 이 '도'를 둑질과 사기, 음해 등의 음성적으로 행하니 죄악과 파멸을 득도하는 오용이다.

남용이란 바로 우리들의 오욕칠정에 의한 욕구·욕망이다. 남보다 더 건강하고 싶고, 부자이고, 잘나고, 내세우고 뻐기고 싶어 하며, 너무 많은 것을 구하고 얻기 위하여 '도'라는 것을 남용한다.

그러면서도 정작 자신은 도라는 것을 부정하고 일부 소수인의 전유 물이다 미신이다 하며, 도 닦는 사람입니다 하면은 때론 미친놈 취급하며 배격하고 부정하며 '도' 하면 대부분 우스갯소리로 치부한다. 그리 하면서도 정작 그 자신은 알게 모르게 무수히 도를 행하며 남용 내지는 오용을 남발하고 있는 것이다.

왜 우리는 도라는 것을 신비하고 어렵게만 생각하여 스스로의 함정에 빠져들어 미명에 허덕이는가. 이제 쉽게 생각하자. 그저 간결하게 알고 느끼어서 누구나 항시 도를 끼고 논다는 것, 산다는 것을 깨우쳐서 도가 바로 설 수 있도록 서로 돕자.

선조 성현님들께선 일찍이 그 도라는 것을 깨우쳐 후손들에게 항시 느끼고 잊지 않고 생활화하여 바로 설 수 있도록 우리에게 그 방법론을 물려 주셨다. 그중 대표적인 예가 바로 세상에 태어나서 가장 먼저 배우는 '도리도리 짝짜꿍'이다. 어릴 적 할아버지, 할머니, 아버지, 어머니 품에서 이 소리로써 행위를 가르침은 '애야, 네가 이제 이 세상의 일원으로 태어났으니 도리도리대로 살아라. 그래야만 너와 내가 천하 만물이 짝짜꿍짝짜꿍 어울릴 수 있어 행복하고, 편안한 삶과 좋은 세상을 만드느니라.' 하시며 부디 도리를 밝혀 좋은 자손이 되기를 갈망하는 마음으로 어려서부터 '도리도리 짝짜꿍'으로 가르친 것이다.

또한 어느 때 어느 곳에서든 잊지 않고 항시 주지하고, 누구나 쉽게 학습하고 접할 수 있도록 노래로써도 남기니, 그 예로 〈도라지타령〉을 들 수 있다.

'도라지 도라지 백도라지~ 심심산천에 백도라지. 한두 뿌리만 캐어~도 대바구니 철철철 다 넘는다~' 하고 인생만사 무수고난 겪다 보면 한도 없고 끝도 없이 많은 도리들도 모두 다 잃고 마음의 고초를 겪나니, 그것을 벗어날 수 있는 길은 저 깊고 깊은 마음속 안에 숨겨진 밝은 도중 일부만 살려내도 지옥을 벗어난다는 우리 조상님의 혜심이 담긴 진리요, 진언인 것이다.

즉 '도'는 길이다. 이에는 참진도와 참망도가 있다. '참진도'는 바른 이치, 바른 마음, 참진성불, 사대강건, 육근청정, 부귀영화, 소원성취, 재세이화, 홍익인에 이를 수 있는 길이요, '참망도'는 도둑, 사기, 협잡, 질고, 아비규환, 재앙멸망에도 갈 수 있는 길이다. '도'란 구하는 것이다. 얻는 것이다. 닦는 것이다.

여기서 여러분이나 제가 구하고 얻기 위하여 길(도)을 닦을 적에 참진도를 향하느냐, 참망도를 향하느냐는 불 보듯 뻔하니 선택에 일말의 혼란을 가질 필요가 없다.

이렇듯 도라는 것은 흔하디흔한 것으로 우리가 구하려고만 하면 따로 방법이 있는 게 아니다. 아주 쉽다. 주어진 현실에 충실하고 마음에 향기와 촛불이 꺼지지 않게 노력하며 도를 망각하지 않고 항시 바로 세우기를 생활화하면 된다.

도라는 것 별것 아니다. 남에게 피해 안 주고 봉사하는 게 '도'요, 적당히 취하여서 다 같이 누릴 있도록 배려함이 '도'요, 우는 아이 다독거리고 싸우는 아이 말리고, 무거운 짐 나눠들고 인정을 나눠주고 고통을 함께 나누고, 집착 않고, 시기, 질투, 미움, 원망, 적개심 등을 버리도록 애써 노력하고, 자비사랑, 믿음, 공유, 감사, 보답, 나눔의 인심을 애써 가꾸는 것이 바로 '도도도' 참진도인 것이다.

이제부터라도 우리는 부처님의 공덕과 조상의 얼과 산천초목 만물의 만유를 경배하고 존중하며, 적당히 활용할 수 있도록 연구·발전시켜야 한다. 이 자세가 바로 진정한 참 도인의 자세요, 참으로 큰 '도'인 것이다.

선과 악

선과 악이란 무엇일까? 선에서는 어떠한 에너지가 발생되고 악에서는 어떠한 에너지가 생성되는가. 선과 악이란 게 과연 무엇이기에 세상 만물 중에 유독 우리 인간들만이 선과 악을 들어 시시비비를 따지며 복과 화를 빌고 행실의 제약을 추구하는가. 또한 왜 선을 행하면 복과 이로움을 누린다 하고 악을 행하면 액과 괴로움을 누린다고 하는가.

우리는 항시 듣기를 선하면 복을 받고 악하면 화를 입나니 악을 멀리하고 선을 갈고닦음을 게을리하지 말라고 하던 어른들 내지는 성현들의 가르침에, 이유가 무엇이든지 진정한 선은 무엇이며 진정한 악은 또 무엇이며 그 경계는 과연 어디까지일까 등의 이의는 접어둔 채 그저 자신들의 심경에 비춰 각자의 근기대로 가르치는 게 현실이다.

허나 일찍이 석가여래 부처님께서 설하신 '선악의 경계는 없다!' 하신 말씀을 망각한 채 억지로 구분을 가르니, 그 부작용의 피해는 이루

필설로 형용할 수 없을 만큼 많다.

본래 때려야 뗄 수 없는 하나의 몸체로서, 선 속에서 악을 낳고 악 속에서 선을 낳는 법이나니, 무경계로 보라는 부처님 말씀을 경시한 대가치고는 그래도 경미한 사한의 일부라 본다. 따라서 이제라도 우리가 부처님의 가르침을 잘 가꾸어서 지혜를 발하고 사부 대중을 이끌어 간다면 많은 부작용을 해소시킬 것이다.

여러 가지 법 중에 하나, 선악의 의미와 해석을 나의 수준인 가지 방편으로 응용 해석하면 인간사 '어묵동정', '행주좌와', '희노애락', '생로병사'에는 우주 만 유천의 기운인 오행기가 항시 작용을 하게 되어 있다고 본다.

이러한 오행의 기운을 우리는 흔히 '목화토금수'라고 부르고 있다. 목의 기운은 나무를 뜻하며 건조한 기운을 형성하고, 화의 기운은 뜨거운 기운으로서 불을 뜻하며, 토의 기운은 무거움을 뜻하며 흙을 뜻하고, 금은 쇠를 들어 단단함을, 수는 물을 뜻하며 차가움을 대변한다. 이 외에도 여러 가지 방편의 표현력이 있으나 이하 생략하고, 여기서는 오행기운을 선악에 대비시켜 논하자니 상기와 같다 하겠다.

우리의 선지식에 '수승화강', '사시순환', '사계순환', '머리는 시원하고 배는 따뜻해야 무병장수한다' 등의 어구를 많이 보고 듣는다. 그럼 조금만 신경 써서 관조하여 보자. 앞의 문구들을 볼라치면 그 내면에는 오행의 연결법칙(생, 극)이 그대로 형성되어 있으며, '수기와 화기'의 영향력이 절대를 차지하고 있음을 알 것이다.

그럼 이와 같은 수, 화 중 먼저 수기를 보면, 수기에 의하여 나머지 네 가지의 기운이 생멸을 할 수 있음을 볼 수 있을 것이다. 나무의 나고 죽음, 불의 생멸, 흙의 이동과 멈춤, 쇠의 강함과 연함, 이 모든 것에 수기는 생명의 시작이자 끝이니 무릇 우리 사람뿐만 아니라 생명력이 있는 만물은 수기를 떠나서는 살 수도 죽을 수도 없음을 알 수 있을 것이다.

그러므로 우리는 수기의 묘용을 가장 소중하게 여기고서 청정수기로 일구고 가꾸기를 부처님 대하듯 하여야 하는 것이다. 그리고 수, 화 중에 화기를 보면 본시 화(불)라는 것은 뭐든 매개체를 이용하여 자신을 살리고 키우지만 그 매개체를 모두 태워 없애 버리고 매개체가 없으면 자신 또한 소멸되어 버리는 기운이며, 무기에서 유기로의 소생도 가능한 게 화기이다.

또한 화기는 세상의 모든 물체를 매개체로 이용할 수 있으며 생멸의 중심에 서서 지대한 영향력을 발휘한다 하겠다. 이러한 작용력과 능력은 목, 토, 금의 기운 또한 예외일 수 없다.

즉, 어떠한 기운도 화기를 벗어날 수 없다는 것이다. 허나 예외는 있다. 오직 하나 수기만이 화기의 매개체도 되지만 완전하게 제어도 하고 완급을 조절할 수도 있는 것이다, 이러한 묘용력으로써 오행의 상생상극, 지중에도 유독 수화만이 우리의 생활상에서 그 기세가 가장 많은 조화를 이룬다 하겠다.

즉, 우리 인생의 생로병사의 희비에 가장 많은 비중으로 신(정신), 심(마음), 정(육체)에 깊숙이 배어들어 우리들의 병고액란과 생사를 좌우하니 어찌 수, 화의 기운을 간과하겠는가.

그러므로 '삼사성환(목생화 금생수)오칠일(수화의 조화합일)묘연만왕만래용변부동본'(『천부경』)이라 하고, 부처님께서는 선악의 경계를 지우라 하셨던 것이다.

즉, 우리가 선악이라고 지칭하는 것은 바로 오행상의 수기와 화기를 뜻하는 것이요, 상생력과 상극력의 가치관인 것이다. 선이라고 하는 것은 수화 및 오행기의 가지 법신이요, 악이라고 하는 것, 역시 수화 및 오행기의 가지 법신인 것이다.

일찍이 부처님께서는 이와 같은 이치를 꿰뚫으시고 가지 법신으로 설하시고, 그 법륜을 굴려 오신 성현들에 의하여 오늘날에 팔만사천의 가지 법신이 되어 여러 곳에서 근기대로 행설하고 있으나 몇몇의 그릇된 가치관에 의하여 그 진의가 상당히 호도되고 있는 게 작금의 현실이다.

선악의 득과 실 묘용 가치를 논하자면 가지에서 가지가 그 가지에서 또 가지가 나와 이루 헤아릴 수 없음이니 어찌 필설로 형용할까마는, 비근의 예로 심신의 건강 측면에서 한번 선악을 논하고자 한다.

먼저 악에 고리(화, 상극기)는 끊으려야 끊을 수가 없다. 그러나 굳이 끊어야 한다면 세상의 모든 매개체(색, 상, 매개체 대상, 나무, 산소, 공기, 기름, 가스)를 없애면 가능하다. 하지만 현실적으로 그게 가능한가? 그럴수는 없다! 따라서 이를 없애기 위하여 헛고생하지 말고 상극기의 성질을 알아서 조심하고 대비하면 된다.

그러면 대비는 어찌 해야 하는가? 간단하다. 선(수, 상생기)을 키우고 가꾸면 된다. 항시 상생의 수기를 가까이 두고 주변 내외의 화기가 왕한 곳에 생기를 끼얹어서 화기를 다스리면 되는 것이다.

즉, 화기는 가만히 두고 생기를 등용하여 극기의 완급을 다스려서 유용한 활용의 가치를 창조하는 것이다. 우리가 추운 겨울엔 난로를 이용하듯 불로써 많은 에너지를 생산하여 활용하듯이, 화기(악)라는 것은 다스림에 있어서 우리에게 덕도 되고 액도 되는 것이다.

덕이냐, 액이냐의 다스림은 오직 수기만이 가능한 것이다. 하다못해 우리가 상용하는 자동차만 봐도 냉각수의 중요성을 알 수 있지 않는가. 이러히 논설하니 혹자는 '물통을 갖고 다니면 되겠네', '강가나 냇가 바닷가에 가서 살든지 집에다 물탱크를 만들어서 물을 가득가득 채워 놓으면 되겠네' 하고, 혹자는 '선은 좋은 일 하는 것이라 생전에는 복을 받고 죽어서는 극락 가며, 악이란 죄를 짓는 짓이니 생전에는 화를 받고 죽어서는 지옥 간다고 하면 간단한데 웬 개똥철학이야?' 하고 무시해버리는 사람도 있을 것이다. 물론 그럴 수도 있겠다. 허나 그리도 간단한 게 선과 악이라면 어찌 부처님께서 그리도 중하게 법륜을 나리셨을까?

대덕, 대혜, 대력하신 부처님께서 법수를 설하심은 범부 대중에게 있어서 그 영향력이 심히 지대하다 여기시고 가지 법륜을 내리신 것이다. 우리는 그 법륜을 고이 받들어 산천대하 굽이굽이 고개고개를 뛰어넘어 험산험로 마다 말고 대오각성하여 용맹정진으로 나아가야 하겠다.

부처님께서 선과 악(수, 화, 생극기)의 성정을 오행기를 통하여 논설하시니 이를 알차고 보람되게 가꾸고 기르는 게 곧, 성심 성불의 수행처인 것이다.

아상심은 화기요, 아하심도 화기로니, 오직 아중심이 수기로다!

아집이 화기요, 이기심도 화기로니, 오직 이해와 존중이 수기로다!

자만심이 화기요, 이간비방도 화기로니, 오직 절제와 화해가 수기로다!

바람이 화기요, 자찬도 화기로니, 오직 베풂과 낮춤이 수기로다!

악담이 화기요, 허언도 화기로니, 오직 덕담과 진언이 수기로다!

선행이라 이름 지음은 화기로되, 악행이라 자제함은 수기로다!

악행이라 단절하면 화기로되, 널리 이로움을 펼침은 수기로다!

악으로써 선을 쌓으면 화기로되, 선으로써 악을 쌓으면 수기로다!

선으로써 악을 행하면 화기로되, 악으로써 선을 행하면 수기로다!

들이쉬는 호흡 결이 화기로되, 내어 뱉는 호흡 결이 수기로다!

내어 뱉는 호흡 결이 화기로되, 들이쉬는 호흡 결이 수기로다!

부처님의 가지 법문을 나열하자면 어찌 그 끝을 맺을 수 있을까. 단설하고 선과 악(수화)의 묘용력은 대자연계, 만물의 연결계, 국가 간, 지역 간, 인종 간, 이웃 간, 가족 간 등에서 생장소병멸의 주축이요, 개개인의 고락을 주관하나니 행복하고 즐거운 인생이냐, 고통 받고 괴로운 인생살이가 되느냐는 각자의 근기, 환경 내에 있는 선악(수화)을 어찌 다스리느냐에 있는 것이다.

고로 우리는 선(수기)을 길러서 악(화기)의 완급을 조절 내지는 조화시켜 시방세계의 모든 중생이 당생에 극락을 누리도록 힘써 노력하여야 할 것이다. 이러함이 우리 모두 삼계고해 벗어나서 부처님 품에 안주할 수 있으며 성통공완에 이루는 길이며, 미륵부처님을 맞이할 수 있는 길이라 하겠다.

'그러하다면 선(수기)과 악(화기)을 조율할 수 있는 방편 가지는 무엇인가?' 하는 질문의 답은, 오직 심생수(선)를 기르고 길러서 심생화(악)를 다스림에 있는 것이다.

기란 무엇인가

기(氣)란 대자연의 조화, 상생상극의 현상 속에서 파생되는 현상이요, 힘이요, 에너지요, 파장이다. 즉, 기란 모든 유무형의 만물에 내재되어 있는 에너지요 파장이며, 이 에너지가 유무형의 물물과 어우러지며 상극의 조화에 의하여 발생되는 보이지 않는 조화현상과 상호견제의 관계에서 파생되는 에너지로서 이치 원리의 작용력을 기의 힘 즉, 기공(氣功)이라 하는 것이다.

이러한 기의 에너지가 대자연의 조화 중에 무수히 생성되며 상호조율과 견제로서 우리의 일상생활과 모든 환경의 변화 내지는 생장소멸의 법칙에 유·무형으로 작용하는 파생의 힘 즉, 생멸의 진기인 것이다.

고로 천지인 만물은 이(氣)의 흐름에 복종하고 순화하며 살아가고 자연 순환에 적응하여 순탄한 생장소멸의 현상 속에 안주하나, 유독 우리 인간들만이 만물지중 왕이라 자처하며 이러한 대자연의 기를 더욱 발전·개발하여 실상에 활용하려고 고군분투하나니 적극적인 사고로 많은 혜택을 누리고 살 수 있는 것이다.

그러나 일부의 독선과 아집과 부와 세의 욕망에만 치우쳐 진정한 상생의 기를 나누기보다 일부의 편파적이요 유혹적인 환상과 환법에 의한 현혹으로 상생의 도를 저버리는 우를 범하고, 극한 대립으로 인하여 공멸에 이를 수 있는 상극의 도를 주창하는 이들도 많아 기의 활용도에 장애가 일어나니 그로 인한 만인물의 고통 또한 무시할 수 없는 심각한 수준이다.

기력이란 도대체 무엇인가. 기공과 기공사란 무엇이며 누구를 지칭하는 것이란 말인가? 우리는 흔히 도사, 선인, 선사, 법사, 차력사, 기공사, 활기통, 영기통, 심기통, 타심통, 의통, 불통, 신통, 방통, 도통, 의통, 음통, 삼차원, 사차원, 오통, 육통, 구통 등, 기와 관련된 무수한 용어와 소위 기공을 연마한다는 무수한 사람들의 명호를 접한다.

그리고 이를 신비해 하거나 호기심 반, 질시 반, 경애와 자조의 심성으로 때로는 경시하고 때로는 매료되며 심성적으로 혼란을 많이 겪고 그들의 미사구어에 현혹되기도 하며, 그로 인한 성공과 실패와 환희와 좌절을 맛보기도 하지만, 대체로 마음의 갈증을 풀고 정신적 이해와 자아심성을 찾기에는 무언가 모자람이 있어 갈등과 고뇌에 헤맴은 떨쳐버릴 수가 없다.

왜 그런지 궁금할 것이다. 허나 답은 의외로 간단하다. 자신을 모르기 때문이다. 자신을 찾지 않고 타처로만 맴돌기 때문인 것이다. 자신의 환경, 자신의 능력한계, 자신의 직면한 현실과 자신의 부정과 긍정의 노력자세, 자신의 마음과 정신의 활용도 방향 등, 이 모든 것을 차분히 정립하고 가꾸다 보면 의문들은 자연히 해소될 것이다.

한데 이러한 현법을 모르고서 타심 타처로만 문제해결의 실마리를 찾으려고 허덕이니 이로 인하여 풀리지 않는 답답함에 쌓이는 병폐가 심각한 수준이다. 즉, 자신이 앞의 언급대로 도사선인이요, 법사요, 기공사임을 모르고 남들의 주창에만 매여 허덕이고 헤매니 한심하고 답답할 노릇이다.

왜 자신이 모두를 통한 통각자임을 모르는가. 왜 자신이 창조주요 해결사임을 모르는가. 왜 본인이 만법과 만병을 다스리는 능력자임을 모르는가.

자아를 찾아라! 그러하면 알게 되리라. 즉, 자신의 심신을 자각하고 관조하라. 그곳에 천하 만유의 힘(氣)이 있다. 그곳에 만법의 생성소멸과 성취와 실패의 원력과 해결능력 다스림의 원대한 기가 갈무리되어 있는 것이다. 따라서 모든 힘의 원천이요, 능력과 문제해결의 힘인 기의 성취 수행법은 만만가지 방편 중에 자아성찰이 최귀하다 하겠다.

한데 지극히도 간단한 원론법이요, 근원적인 이러한 통기법을 놓고서 어찌 기공이 어떻고 기의 능력이 어떻고 하며 누군가가 해답을 주기를 바라겠는가. 이는 곧 산야에 가서 고래를 찾으며 바다에 가서 호랑이를 찾는 법이니 지렁이 등에 척추가 생겨야만 가능할 것이다.

우리의 실상 속에서 비근의 기공, 기력의 세계를 들어보자. 왜 내가 선각자요, 도통자인가? 능력자인가? 남자는 인간의 씨앗을 생산하는 도통자요, 여자는 인간의 씨앗을 발아시켜 인간을 길러내는 도통자이다.

그대는 남녀의 범주에서 벗어난 특별한 인간인가? 남녀노소를 불문하고 언어와 행동과 빛깔과 모양과 나눔과 빼앗음, 성냄과 탐냄, 고움과 추함 등의 사고로서 나와 남의 심신에 희로애락의 동력을 행사하나니 이보다 더 큰 도력이 있더란 말인가.

그대는 이 도력의 범주에서 벗어난 아주 특별한 인간인가? 의사는 의료분야에, 목수는 목재분야에, 법조인은 법조분야에, 수행자는 수행분야에, 교육자는 교육, 영업자는 영업, 사업자는 사업, 학업자는 학업, 공업자는 공업, 농업자는 농업, 과학자는 과학, 예술가는 예술, 건축가는 건축 등의 각기 분야에 남보다 특출한 능력을 발하나니 바로 그 분야의 기술능력(氣)을 배양하고 갈고닦으며 무던히도 노력한 결과라 하겠다. 이와 같음이 곧 수행이요, 법사요, 도사요, 선각자요, 기공사라 할 수 있는 것이다.

즉, 이 세상살이는 어느 것 하나 중요하지 않을 게 없고 어느 것 하나 어느 분야, 어느 유무형의 인물, 사물, 현상 등 소중하고 소중하여 잃어버리거나 놓칠 수 없이 모두가 챙겨야 할 사안인 것이다.

자동차, 비행기, 시계, 기차, 우리의 일상 등이 수천 수백의 부품들이 모여 운용의 묘를 발하나 그중에 한두 개의 부품들이 낡거나 고장 나거나 빠지면 쓸모가 없듯이 우리가 살아가는 이 세상도 어느 한 곳으로 치우치거나 어느 한 곳이 망가진다면 파멸이라는 결과를 받을 뿐이다. 즉, 이 세상은 어느 한두 곳의 기운만 강해져서는 절대로 상생의 기가 생성되지 않는다는 것이다.

만물이 어우러지고 만물의 조화 속에서 파생되는 기운들이 상호조율과 견제의 상생상극의 조화로운 기운 속에서만이 세상만사 알콩달콩 사는 재미를 누릴 수 있고, 이는 너와 나 만물이 지향하는 행복으로의 지름길이 될 것이다.

중생계의 만물은 그 성정에 치우침이 있으나 우리 인간들은 성명정을 온전하고 고르게 갖추고 있으므로 누구든 자아를 관하고 조율하며 성명정을 밝혀 간다면 자심자불 아타성불을 이루어 극락도를 누릴 수 있다. 또한 사적으로 밝혀 간다면 아비규환의 지옥도를 펼칠 수도 있나니 이는 곧 나의 자심자성이 명암의 흑백진리를 만들 수도 잃을 수도 있음이니 어찌 아니 도사라 하고 법사라 하며 수행자라 할 것인가. 고로 당신이 바로 도사요, 선지자요, 선각자이며 도사, 기공사인 것이다.

따라서 어느 곳에 매이고 헤매며 과보를 구하려 들지 말고 자기의 본성본심에서 찾아보면 모든 성덕과 문제해결의 지혜가 나오는 것이다. 이제부터라도 자기의 지혜 능력을 모르고서 절대 타처로만 헤매던 우둔하고 나약한 심성은 과감히 떨쳐내고 학업자는 학업, 공업자는 공업, 공직자는 공직, 예술인은 예술, 과학자는 과학, 사업자는 사업 등의 각기 처한 환경, 근기, 서원, 지향 등에서 당면한 문제와 갈등의 일상에 최선의 노력을 다하여 해결과 발전을 꾀한다면 이러한 사람을 일컬어 최상의 도를 구가한다 하겠다.

즉, 우리가 흔히 일컫는 기의 세계, 기의 경중, 기의 능력 중에 최상의 기가 바로 이러한 도를 일컫는 것이다. 각자의 분야에 최선을 다하여 만인에게 이로움을 주고 자신의 양심에 등불을 꺼지지 않고 밝게 빛낸다는데, 이보다 더 높고 큰 더 이상 밝은 도가 어디 있고 이보다 더 이로움이 어디 또 있더란 말인가.

이러한 도야말로 진정한 불심이요 신심이리니, 이는 곧 성인 성현들이 주창하며 일러주시는 가르침이다. 이를 추구한다면 부처님이 활짝 웃고 예수님이 춤을 추실 것이리니, 성불성통이란 이를 두고 하는 말이라 아니 하겠는가. 따라서 이제라도 타인타물의 능력에 부러워 말고 매이지도 말고 오로지 성인의 밝은 진리의 행불심성 가르침의 길을 찾아서 자조와 비관의 망불심인 아타부정의 심성을 과감히 떨쳐버리고, 너도나도 이룰 수 있다.

통할 수 있다는 긍정심을 일깨워 아타의 조율과 만물의 흥망성쇠의 연결고리를 관조하며, 심대하게 행함이 유불선도를 닦는다 할 수 있고, 최상의 기공을 닦는 수행자라 할 것이다.

아상심화, 아중심수

아상심은 화기요 아하심도 화기로니 처처관심이 다사 다중 하되 아중심만이 수기로다.

생아집이 화기요 이기심도 화기로니 처처용심이 다사 다중 하되 이해와 존중이 수기로다.

자만이 화기요 이간비방도 화기로니 처처설심이 다사 다중 하나 절제와 화해가 수기로다.

바람이 화기요 자찬도 화기로니 처처동심이 다사 다중 하되 베풂이요 낮춤이 수기로다.

악담이 화기요 허언도 화기로니 처처응언이 다사 다중 하되 덕담과 진언이 수기로다.

선행이라 교만하의 자행자심은 화기로되 악행이라 자행자재함은 수기로다.

악행이라 단절하면 화기로되 널리 두루 이로움을 펼침 악은 수기로다.

악으로써 선을 쌓으면 화기로되 선으로써 악을 쌓으면 수기로다.

선으로써 악을 행하면 화기로되 악으로써 선을 행하면 수기로다.

들이쉬는 호흡 결이 화기로되 내어 뱉는 호흡 결이 수기로다.

내어 뱉는 호흡 결이 화기로되 들이쉬는 호흡 결이 수기로다.

아타도덕

아타덕상 보려 했거들랑 악취처를 관조하고, 아타도덕 보려 했거들랑 피눈물에 비춰보라.

선화연은 진흙 속에 호박꽃은 똥물 속에 뿌리박고 움트는데, 선심덕화 선신도화 선근의 그 씨앗은 어느 밭에 흩뿌릴까.

동서사방 헤맴에 인생길이 서럽고 슬프구나.

무주구천 태산대천 제 심신에 품고 안아 망각하고, 장류수며 사해바다 제 뱃속에 채워 넣고 몰라보니, 아서라. 아둔한 게 인생이요, 서글픈 게 세상사라 한심 참혹 안타깝다.

그 어느 때나 덕화도화 움이 트고 싹이 나서 삼천대천 만개할꼬.

시방제불 조사선인, 어느 처 어느 곳에 있다던가.

한마음 찾고 보면 처처가 연화림이요, 인불성처일진데. 오호라, 통재로다!

일락서산 월출동이라

서산에 해가 지니 동천에 달이 솟아올라 어둠의 세속을 밝히자니, 구름에도 가리고 광풍에도 흔들리고 모진 비바람의 역경에도 부딪히지만, 불심광명 놓치지 아니하고 종지 종풍 지켜내며, 천년 세월을 뛰어넘어 금세에까지 전래를 하야 묵조선풍 수행발심 온 누리에 펼치나니, 동산양개 육조혜능 수승하고 고덕하신 가르침을 엄히 고이 밝히어서, 만 중생에 이로운 법 한 올인들 허수히 하랴.

사량경계 허물고서 이목구비 관찰하니 아, 월락서산(月落西山) 일출동(日出東)이라! 서산에 달이 지고 동천에 해가 뜨니, 광야가 밝아오며 무명이 깨어나누나.

아, 이게 조동이요, 조동이로다. 아, 종조에 조동이여, 해동에 조동이여.

선후지자 분별없이 여여지법 나릴 적에 불철주야 갈고닦아 혼탁한 자심 자성의 무명 처처, 그 온 세간의 어둠을 걷어내고 온 세간의 혼탁을 씻어 내고 세간의 추위와 병고와 무지함을 모조리 걷어내고자 발심할 제, 여여지 조동 선법, 묵조선 선풍으로 정진하며 제도하고 불명신심 굳게 내어 육바라밀 반야지혜 청명하게 갈고닦아 따사로운 부처님의 자비광명 온 누리에 밝고 맑게 비추어서 세상사 무한복전 가꾸어 보자.

무지와 혼탁으로 갈팡질팡 헤매며 무명초 탐진치의 노예 되어 수행 발덕 저버리고 생사 고에 허덕이던 우리네 성정, 아차 순간 초로 되니 모든 삶이 허망하고 재명탐착 인생여정 하릴없는 낭비로다.

금쪽같은 사람의 몸 주야장창 눈물로 지새우다 인생허비 후회를 하지 말고, 이제라도 정신 찾고 밝히어서 후생에나 찾으려던 극락천당, 도화선경, 왕후장상, 연화대, 금생에서 누리도록 서로 도와 이끌면서, 심수 심수에 불심신수, 마주 잡고 뜻을 모아 수행하고 자아 심처 관조하야, 조화성불 조동선법, 여여지혜 묵조선풍, 만만 천천 리 설파하고 펼쳐 펼쳐설랑 너도나도 누려보자. 조화극락 상품 상생지를!

그라네 나라네

그를 보고 그라 하네

나를 보고 나라 하네

그를 보는 그는 누구인가

나를 보는 나는 누구인가

그도 나도 자취 없는데

향내만이 그득하다

그를 보고 그를 찾자 하니

나를 보고 나를 찾자 하니

그 뭐꼬 거시기 거시기로다

마음 찾아 어울령

찾아보세 만나보세 만나걸랑 그렁저렁 놀아보세

찾거들랑 놓지말고 어울령 더울령 어울리고 즐겨보세

태산준령 높다하나 더욱높은 내마음을

사해바다 넓다하나 더욱넓은 내마음을

도화이화 곱다하나 더욱고운 내마음을

부모애정 깊다하나 더욱깊은 내마음을

도리도리 옳다하나 더욱옳은 내마음을

상생공생 좋다하나 더욱좋은 내마음을

일광월광 밝다하나 더욱밝은 내마음을

수행공덕 달아나도 따라잡는 내마음을

백연화림 연못속에 숨어있는 내마음을

보시공덕 향해가는 곱디고운 내마음을

애시당초 덮어두던 본래불성 내마음을

보살행도 행하려는 대견스런 내마음을

재욕관욕 자재하는 청정지심 내마음을

사리사욕 배척하는 지심청정 내마음을

인연따라 흘러가는 여여순풍 내마음을

중생제도 고심하는 애인애물 내마음을

어렵다고 힘들다고 아니찾던 내마음을

고달프다 괴롭다고 허비하던 내마음을

찾으리라 만나리라 그리하여 애용하고 즐기리라

괴로움도 허허하고 외로움도 하하로서 세상만사 온갖고초 능히 풀
어내는 다재다능 이마음을 찾아보세 만나보세 그리하여 어울렁 더울
렁 놀아보세 즐겨보세

행복과 불행이 별거던가 마음찾아 노닐면 행복이요 마음잃고 헤매
면 불행이지

보아라

보아라 보아라 보고 또 보아라

느껴라 느껴라 느끼고 또 느껴라

알아라 알아라 알고 또 알아라

믿어라 믿어라 믿고 또 믿어라

행하라 행하라 행하고 또 행하라

여기에 행복과 불행이 다 있느니라

분별지심

곱다하며 다시보고 밉다하며 외면하네

어제보니 고왔다가 오늘보니 미웠어라

어제보니 미웠다가 오늘보니 고왔어라

고운들 어떠하리 미운들 어떠하리

검은것은 검은대로 하얀것은 하얀대로

본래있던 유상무상 그대로 그대로인데

마음따라 분별처처 인성망각이로다

선객

선객 찾아 경청 하자 배우자 하니 한 이는 춤을 추고, 한 이는 노래 하고, 한 이는 하품을 하고, 한 이는 짜증을 내며, 한 이는 보아도 모르 겠고, 한 이는 들어도 모르겠고, 한 이는 배 타고, 한 이는 비행기 타고, 한 이는 자동차 탄다. 하나 도시 몽중 모르겠으니 에라이 데라이 하고 무심히 바라보니 소똥 뒹구는 잡초 밭에서 춤추는 그 이들만이 나날이 도 행복하여라.

좋은 줄 알면서

좋은 줄 알면서 행하질 못한다네

나쁜 줄 알면서 행하길 즐긴다네

그려 그려 안다한들 무엇하리

그려 그려 모른다면 어떠하리

그러하든 저러하든 무지심인 것을

행복여행

행복으로의 여행은 선행심이 으뜸이요

어두운 밤길에는 등불이 으뜸이듯이

인의지성을 밝히는 데에는 배려와 관용 나눔이

으뜸이니라

성공

성공으로의 보약

　나는 과거의 관습에 너무 집착하여 현실을 직관하는 데 소홀하지나
않는가?

　나는 현재의 고초들을 내일의 밝음을 향한 긍정적 사고로 노력·정
진하기보다 원망과 한탄으로 비관하며 아까운 시간들을 허비하고 있
지나 않은가?

　나는 미래의 내 모습을 너무 과대하게 포장하여 현재의 내 성정이나
사고 내지는 환경을 무시하고 추상적이고 환상적인 미래에만 너무 집
착하지 않는가?

　나는 남과 더불어 사는 이해와 존중, 나눔과 배려보다는 자기만을
내세우려는 아집과 이기심에 너무 주위를 살피며 조율하는 데 있어서
소홀하지는 않는가?

　지나간 과거는 현재의 내가 있기까지의 양식이었고, 닥쳐올 미래는

현재의 어려움을 탈피하고 싶은 희망이요, 용기요, 바람이니, 내가 살아가기 위한 보양식이다.

그러나 과거는 이미 소화되어 허공으로 산화되었고, 미래는 영원히 만나지 못할 환상의 치객이다. 그러므로 과거에 매인 마음도, 미래에 매인 마음도 성공의 발목을 잡는 족쇄요, 무거운 짐일 뿐이다.

따라서 이러한 족쇄나 무거운 짐들은 다 내려놓고 오늘의 매 순간 즉, 현재의 당면한 과제들에 최선의 노력을 경주하며 알차고 보람되게 선근과 복덕의 씨앗을 심고 가꾼다면 어찌 과거의 망령을 보고 미래의 치객 맞을 걱정을 하리요. 현재를 직시하고 노력함이 진정한 성공의 보약이로다.

우리는 지금 무엇을 향하여 질주하며
어느 곳을 향해 달려가는가

청산은 나를 보고 말없이 살라 하고, 하늬바람 저 부운은 나를 보고 경계 없이 살라 하지만, 세파에 젖고 세속에 찌든 이내 심사엔 한낱 허허로운 잡념만 동주하느니, 어느 전의 원력 빌고 어느 전의 힘을 얻어서 답답한 이내 마음을 풀어 볼까나.

불가의 도는 자비를 설하고, 예수의 도는 사랑을 주창하며, 공자의 도는 인의를 설하지만 자비, 사랑, 인의의 뜻과 정의는 어디까지이며 어느 경계지점에 분리의 기준을 두고 설하여 만 중생을 이끌어 갈거나.

나의 이 우치한 두뇌로는 자비가 우선인가, 사랑이 우선인가, 이도 저도 아닌 인의가 우선인가. 도시몽중 알 수 없어라. 과연 어느 게 사랑이고 무엇이 자비란 말인가. 또한 무엇을 어떠하게 행하고 어찌하며 어디까지가 인의요, 인물의 조화상생 이치더란 말인가. 우매하고 우둔하여 도대체 알 수 없는 이내 심사라. 생불 보고 깨치고자 동분서주 헤매나 인연이 모자라는지 선덕이 흐려선가, 아니라면 찾고자 하는 저의가 약해선가. 생불은 보이지 않고 사불들만 판을 친다.

불도는 근본원인을 해소시키는 양생도라 한다면 무속이란 발생된 원인을 해소시키는 음생도라 하니, '소 잃고 외양간 고친다' 는 우리의 옛 속담에 견주어 볼 때 분명한 건 소를 잃기 전에 고치자는 게 불도요, 이미 잃었지만 잘못을 깨닫고 다시 또 잃는 실수를 하지 않도록 고치는 게 무속이라 할 수 있음이라 하련마는, 근본은 섞였으되 세속은 무불양립이라 심히 안타깝구나.

부처님의 주창법수, 무극도라 하였건만 이 파니, 저 파니, 이단이요, 저단이요, 양야요, 음야요, 정법이요, 편법이요 어찌 그리 분별사량 많더란 말인가. 심히 낯 뜨거운 행이로구나.

태극도의 근원 속에 음양경계 어디던가. 만승 만 자, 절 만 자에 아타의 경계가 어디던가. 삼태극의 형상도에 1, 2, 3의 경계기준 어디에서 찾아내어 볼 손가.

천하 만민들에 불자들이여, 득도자들이여. 이제 우리는 미명에서 깨어나 미륵의 세계를 맞이해야 할 준비를 할 때가 도래했음을 알아야 할 것이다. 고로 잘못된 악습들은 과감히 떨치고 새로운 정신과 불 심의로 무장하여야 하나니.

이에는 '유, 불, 선, 도' 의 분별지심을 타파하고 전체를 아우르며 나와 남의 분별없이 서로가 서로에게 유익하고 이로운 인물이 되고자 노력함을 수양발심의 근원으로 삼아 수행해야만 진정한 불자요, 도자요,

선자요, 신앙인이라 할 수 있을 것이다. 이는 미륵불자라 하며 '재세이화 홍익인간' 의 이상적인 미륵 세계를 열어갈 주역들이라 할 것이다.

성공의 열쇠는 유무심의 관조

유심은 무심을 낳지만 무심은 유심을 키운다. 무심은 경계의 분별지심을 놓을 수 있지만 유심은 경계의 분별지심을 놓지 못한다.

무심은 삼독(탐, 진, 치)의 씨앗이 되고 유심은 그 씨앗을 싹 틔우고 키운다. 따라서 유심이라 명명하지만 그것이 곧 무심 밭이요, 무심이라 자부하지만 그것이 곧 유심 밭이 나니 진정한 수행발덕이란 행(行)유심이요, 희(喜)무심이요, 고(苦)유심이요, 락(樂)무심이라 하는 등의 분별지심을 가지고 그의 경계와 경중을 따져서 관조함이 아니리라.

그러한 분별지심을 모두 다 놓아버려야 한다. 즉, 진여의 상도를 구가한다면 유무의 경계를 놓아버리고 유심이든 무심이든 생각이 일어나거든 그 생각의 밭에서 자유로이 행보하며 노력할 수 있어야 상도의 과실을 수확할 수 있다.

유심의 밭에서 인욕이라는 호미와 정진이라는 쟁기로써 구슬땀을

서 말 하고도 서 되는 흘려야만 삼독 중의 서 푼이나마 제어할 수 있음이요, 무심 밭에 서도 역시나 서 말, 서 되의 진땀을 흘려야만 애써 얻은 세 푼의 해탈 심을 그나마 지킬 수 있는 것인데 어찌 한가로이 유무의 선후경중을 따져가며 시간을 낭비하며 허송세월을 보낼 수 있겠는가.

고로 고도의 구도심이든 고행이든 목적 있는 수행이든 목적이 없는 수행이든 일상의 가정, 사회, 직장, 영업, 학업, 운영, 연구 등의 분야에서 각자 성불(성공, 성취)을 원한다면 유무심의 적절한 안배와 관조로 만물의 상생상극의 조화에 의한 생장소병몰의 경계를 지각하며 적절한 안배와 하심(下心)으로 상생의 자비심을 발호하고 과도한 탐진치의 이기심을 제어하는 힘을 기르는 게 성공으로의 지름길이라 하겠다.

다시 한 번 말하지만 우리는 이제라도 지난날의 편견을 버리고서 유무심의 씨앗을 잘 가꾸고 길러야만 그로 인한 상도 내지는 성공의 과실을 얻을 수 있다. 유무심을 던져버리고 방관한다면 어찌 그 과실로써 허기와 갈증을 풀 수 있겠으며 더욱더 알찬 상도(常道)의 종자를 얻을 수 있겠는가.

한 번 더 강조하지만 유무심의 분별사량 의미 없고 가치 없다. 즉, 손등과 손바닥처럼 둘이면서 하나요, 하나면서 둘이라 떼려야 뗄 수도 붙이려야 붙일 수도 없다.

성인군자 도덕군자 세간의 어느 도통자가 손을 쪼개서 등 따로 바닥 따로 운용하며 도술도법 부리던가. 내 이제껏 보지도 듣지도 못하였다.

따라서 뗄 수도 붙일 수도 없는 경계지심에 속절없이 아까운 시간 허비
하지 말고 유심도 소중하게 무심도 소중하게 관조하여 수행의 질을 높
이고, 생활의 품격을 높이고, 각자의 소임에 성취를 이루어 무한영락의
극락 도를 이루자.

참 선업 수행 정진의 삼대 기본수칙

첫째, 지극 정성으로 참 염불심을 일으켜라. 염불심이란 간절한 마음으로 부처님을 염(念)하고 부처님의 법을 항시 생각하며 엄히 따르기 위한 부단한 노력을 보고 참 염불심이라 하는 것이다.

또한 부처님의 법신을 올바르게 가르치시며 만 중생을 위하여 교화법을 펼치시고 이끄시는 스님들을 존중하고 예우하며 올바른 불법의 가르치심을 받들어서 행하며 선행의 수양을 길러야 한다. 이 또한 참 염불심이라 하는 것이다. 왜냐하면 이러한 참 염불심으로 불법승(佛法僧) 삼보의 무한 진리를 증득하기 위하여 염(念) 염(念) 발심(發心)하고 보면 수많은 법신의 보배를 체득할 수 있는 것이기 때문이다.

예를 들면 이 불법승 삼보의 가르치심 안에서는 시방삼세 불보살님들의 참진 속에 스며있는 애인(愛人) 애물(愛物)의 기조로서 공생 공사의 진리 법수인 감로수가 한없이 솟아나오며, 그에 준한 모든 자비, 희생,

존중, 존경, 나눔, 베풂, 사랑, 공경, 채움, 비움 등의 생멸(生滅)하는 모든 것의 인연 따라 일어나는 화복(禍福) 보응(報應)의 진의가 한도 끝도 없이 이어져 나오기 때문이다.

또한 인생 생로병사 고의 윤회 속에 수없이 일어나고 쓰러지는 사연들의 좋은 면과 나쁜 면의 장단을 바르게 체득할 수 있는 진여의 법신 진리의 보배 구슬들이 바닷가의 모래알보다 더 많이 들어있는 보물창고인 것이기 때문이다.

그러므로 성별 내지는 지위 고하를 막론하고 누구든 간에 바른 성정으로 노력한다면 그에 따른 보응으로서 능력껏 가져다 사용할 수 있는 삼보의 보(普) 배(陪) 법성(法性) 원천이요, 창고이나니 어찌 스스로 문을 따고 보배를 취할 수 있는 참선의 염불심을 놓아버리고 공과 사를 들어 논할 수 있겠는가. 심히 조심 또 조심하여야 한다.

둘째, 지극정성으로 자심자성(自心自性) 즉, 자기의 마음을 살피고 자기의 성정을 살피며 가꾸어라. 왜냐하면 모든 욕심을 부리는 것이라든가(탐[貪]), 성을 내는 것이라든가(진[瞋]), 어리석은 것(치[痴]) 등 의식주와 생사고락의 희비는 어느 곳, 어느 것, 무엇, 누구누구 때문이다, 혹은 어쩔 수 없어서라는 타처의 원인이라기보다는 대다수가 자성 자심의 희비에 의하여 희로애락(喜怒哀樂)이 교차하고 성쇠고락(成衰苦樂)이 생멸(生滅)하기 때문이다.

자, 보자. 비움과 채움의 주체인 인욕(人慾)의 절제를 키우는 단초인이 욕심을 버리면 탐하는 마음도 절로 없어지고 성내는 마음, 어리석은 마음도 없어진다.

이러히 과욕하는 마음이 없어지니 만 원도 모자라던 게 천 원에도 만족감과 감사함을 느낀다. 흰 쌀밥, 고깃국에도 모자라던 식탐이 김밥 한 줄에도 포만감과 행복을 느낀다.

작은 것과 푼돈에도 만족을 누리니 어찌 부자에게 부러움과 시기와 질투를 느끼며 스스로의 고해에 빠질 수가 있겠는가. 가진 게 적다 하여 어찌 남 앞에 부끄럽고 비굴해지며, 모멸과 수치를 느끼고, 스스로를 비하시키는 자멸감의 고통에 빠질 수 있겠는가.

따라서 욕심을 놓고 보면 매사가 당당하여 자신의 능력을 최대한 발휘할 수 있는 지혜와 심력이 배가되니 그 어떠한 고난도 능히 헤쳐나갈 수 있는 힘과 지혜가 생겨난다. 그리하여 여유로운 성정으로서 지혜를 발휘하여 생활의 질을 향상시킬 수 있는 긍정적 사고의 주체주가 되나니 이 어찌 참수행의 덕이라 아니 하겠는가.

참수행의 공덕심을 날로 키운다면 그 덕성이 어찌 근심수심 화심망심을 다루지 못하며, 어리석은 미혹에 빠져 허영과 사치 환상과 실의의 늪에서 헤맬 수 있겠는가.

그러므로 자성 자심을 가꾸고 키우고 비우기를 게을리하지 말고 지극정성으로 살핀다면 탐진치의 노예가 되어 이끌려 다니던 자신이 탐진치를 이끌고 부리며 활용하는 능력의 주인이 될 수 있는 것이다.

하여 이러한 능력으로 널리 이로움을 펼칠 것이요, 이러한 사람이 너도 나도 모두 하나 되어서 어울린다면 이곳이 바로 역대 성현들이 꿈꾸고 가꾸며 이루고자 하였던 신심천궁이며 도화선경이요, 육바라밀의 성불지상이며, 반야바라밀의 불국정토요, 극락인 것이다.

따라서 이를 어찌 묵조선의 중요한 가지 법신이라고 아니할 수 있으며 참선 수행의 요체라 아니할 수 있겠는가. 그러므로 중히 여기고 어(語) 묵(默) 동(動) 정(靖) 처처 시에 늘 놓지 말아야 한다.

셋째, 참 보시의 덕성을 키우고 가꾸어야 한다. 참 보시란 진솔한 애정, 나눔, 베풂을 행함으로써 너도 좋고 나도 좋은 공생의 이로움을 행하는 것이다. 즉, 가치의 공과를 바라지 않는 진실한 행을 뜻하며 이러한 행을 대자비심이라고도 하는 것이다.

한데 우리는 이 보시라는 용어와 뜻을 너무 행하고 관하기가 어렵다 하며 간과하기 일쑤다. 베풀어라 하니 가진 게 있어야 베풀지, 내 코가 석 잔데, 종교가 달라서, 마음에 안 들어서, 기분이 나빠서, 재수가 없어서, 경제력이 없어서 등 수없이 많은 이유를 들며 이기적이고 배타적인 행을 합리화시키려 할 뿐, 진정한 보시의 의의와 방법을 논하고 행하려는 마음을 애써 외면하는 이들이 많다.

한데 아이러니하게도 이러한 사람들이 정의니 사랑이니 나눔이니 상생이니 하며 부르짖고 떠들어댄다. 물론 대다수의 사람들이 이러하다면 어찌 '개똥밭에 굴러도 이승이 낫다'는 속언이 있겠는가.

그저 열에 한두 명 극히 일부가 이럴 뿐 수많은 사람들은 드러내지 않고 참다운 보시의 자비심을 행하며 음으로 양으로 노력하나니 그래도 저승보다는 이승이 낫다는 말이 생긴 것이다.

한데 이승 세계 즉, 우리가 살고 있는 이 세속이 얼마나 인심이 메마르고 각박하며 살기가 힘들고 고달팠으면 이러한 말로써 애써 자신의 처지를 옹호하였을까 하고 한번쯤 생각하고 안쓰러워 해본 적 있는가.

만약 하였다면 그대는 자신도 모르게 진정한 보시 행을 한 것이다. 즉, 그들의 애환에 동정심을 갖고 그들의 아픔을 되새기는 그러한 마음속에서 나눔과 배려와 측은지심이 우러나는 법이라. 사심 없는 보시의 싹이 나온 것이요, 그 마음이라면 그대는 분명 모든 이에게 선근으로 대할 것이나니 이게 보시가 아니고 무엇이겠는가.

그럼 진정한 보시란 무엇인가. 지혜나 지식이 있는 사람은 그 능력을 널리 알리고 나누어 공유하고 베풀며, 재력이 있으면 재물을 나누고, 명예가 있으면 명예를 나누고, 불우이웃이나 소외 계층을 아우르고 살피는 데 있어서 사심 없는 행이 보시라 하는 것이요. 공생 공익에 아낌없는 힘을 보태는 것을 보시라 하는 것이다.

하면 부와 명예도 없고 지식도 적어서 베풀게 없으니 보시를 할 수 없는가? 아니다. 보시란 것은 부드러운 말로써 서로를 칭찬하는 것도 보시하는 것이오, 위로하는 것, 같이 아파하는 것, 같이 슬퍼하는 것, 같이 웃어 주는 것, 같이 걱정하며 이야기를 들어 주는 것, 배려하는 것, 양보하는 것, 인정하는 것이 보시이다. 잘못을 바로잡기 위해 노력하는 것, 불의에 야합하지 않는 것, 정의에 힘을 보태는 것, 콩 한 쪽 물한 잔이라도 나누고자 하는 것, 나와 남에게 해를 입히지 않기 위하여 노력하는 것도 보시라 하는 것이다.

또한 자신의 환경에 최선을 다하는 것, 자신을 낮추고 예를 갖추는 것 등 보시라 하는 것은 선근의 마음에서 우러나는 선행으로 사심 없이 아낌없이 베푸는 것을 뜻하는 것으로, 이러한 보시 행을 행함에 있어서 어찌 물질적·물리적 방편만 고수하겠는가. 있어서 보시한다면 얼마나 좋겠는가. 하지만 가진 게 없는데 이러한 보시를 하라 하면 심적인 부담과 배타심이 치고 들어 참 보시 행은 요원하기만 하다.

하니 앞에서 몇 구절 나열하였다시피 어찌 보면 물질적·물리적인 방편이 아니라도 보시의 영역은 무한하니 그 본질을 찾고 행하기를 쉬지 않는다면 참 보시의 덕성이 굳건하게 자라날 것이다.

매사에 성냄을 참고, 짜증, 망어, 양설, 악구, 탐애, 이간, 짜증 등의 사심을 누르고 다스리는 게 보시행의 으뜸이 되는 참 행이요, 참 보시의 덕성을 기르는 올바른 기도라 하겠다.

그러니 이렇게 삼대 원칙을 가지고 참선 수행을 할 것이요, 이러한 수행심을 가지고 일상의 생활이라도 영위한다면 바라는 마음 없다. 해도 선복은 절로 굴러들고 악화는 소멸되어 너도나도 공생의 사회를 이루며 행복한 삶을 영위하게 되는 것이다.

옴마니 반메훔

관세음보살님의 대자대비 구고구난의 원대한 자비심 다라니(주문) 중에 '옴 마 니 반 메 훔' 이라는 육자진언이 있다.

이 다라니는 육도세계(하늘, 땅, 지옥, 인간, 아귀, 축생)의 모든 중생이 온갖 고통과 질병 등의 악도에서 벗어나서 좋은 복락을 누리게 하신다는 임의 마음을 문언(주문)으로 나타내신 것이다.

하여 우리는 이 다라니를 외우면 누구나 소원성취를 이룬다 하여 너도 나도 외우며 음률을 다듬고 고저 음성 내지는 장단에 맞추어서 음조리기에만 급급하고 중시한다. 하지만 이것은 관세음보살님을 염하고 이 육자진언의 의의와 가피지 묘덕의 자비덕성을 체득하기에는 심약한 기도법이라 하겠다.

물론 염피관음력이라고 항상 관세음보살을 애경하며 놓치지 않고 마음에 새길 수만 있다 하면 이 또한 기도의 방편 지력이야 높겠지만,

어찌 소리로만 찾고 말로만 떠들어서 소원성취를 바라겠는가. 하면 진정한 참기도로서 이 육자주의 가피와 원력을 취하고 누리며 설파하자면 어찌 하여야 할까?

이는 소리가 아닌, 상이 아닌, 말만 앞세우고 교과서적인 지식만 앞세우고 자기 자신의 치적과 우상적인 교만이나 아집으로는 되지 않는다. 올바른 기도법이란 지극히 겸손함과 평등애심과 상호존중의 공, 생, 심으로 수행하여야 한다.

또한 지극정성의 발심을 일으켜서 매사에 부딪히는 고난이나 즐거움이나 기쁨이나 슬픔 등의 여러 현실의 생활 속에서 마음의 등불 즉, 양심의 가책이나 부끄러움이 일어나지 않는 언행이나 행동이 앞서야 한다.

강인한 정신력과 선심 선덕으로써 고난과 역경을 이겨내기 위하여 노력하며 기쁨과 즐거움이 생겨나면 아낌없이 이웃들과 나누고 베풀며, 더불어 행복을 누리기 위한 방편에 심혈을 기울인다면 이것이 진정한 참기도요, 방편 지력이라 하는 것이다.

이러한 정신, 마음, 몸가짐을 추스르며 관세음을 염하고 육자주를 염송한다면 즉신 심불이라. 곧 관세음이 현신하고 감응하시나니 바로 나의 신심이 관세음이요, 정신이 관세음이요, 언행이 관세음일진데 어찌 나의 옳고 그른 사고를 관하지 않고 관세음보살님의 법성을 바랄 수 있겠는가.

그러니 진정한 참기도법을 증득하여 대자대비 구고구난 관세음보살님의 육자진언 '옴 마 니 반 메 훔'의 무한 가피를 원한다면 행동하고 실천하여야 한다.

무엇을? 어떻게? 이렇게 하는 것이다. 바로 내가 관세음보살님이다. 내가 곧 관세음보살님의 변신이요, 변심이요, 조화, 나툼이다 이렇게 말이다. 즉, 이러한 마음 자세의 시작이 참기도요, 묵조선풍의 시작인 것이다. 자, 그러면 이제 내가 '관세음보살님'이시다. 어떻게 하여야 할까?

승속세간 나누어서 관조하고 행동하며 일상생활 이어갈 적에 자화자찬 내세우고 주지육림 대접받고 부귀영화 추구하며 나만의 안위를 위하여 남의 아픔을 설움을 외면하여야 할까?

감언이설과 사설 언변으로써 혹세무민 즐겨 하고 추종세력 끌어 모아 세와 부를 과시하며 희희낙락하며 오만과 방종을 떨어야 할까?

아승과 아집으로 남들을 무시하고 천시하며 '옴마니 반메훔' 목청 돋아 염불하면 이런 게 곧 관세음보살님의 현신일까?

권력과 재력의 능력을 과시하는 것이 참기도일까?

아니다. 이는 허울 좋은 아승심이요, 사견 사심일 뿐이다. 이는 곧 불보살님을 빙자하여 사리사욕만 채우는 얄팍한 수단에 불과하며 대자대비의 헌신을 기만하고 욕보이는 행으로서, 선업을 쌓기보다는 죄업만 쌓는 것이다. 또한 이로 인하여서 삼업(설[舌], 신[身], 의[意])의 죄만을 짓고 또 쌓으니 답답하고도 안타까울 뿐이다.

이러한 행의 결과로서 발설, 무간, 독사, 화탕, 한빙, 검수, 도산 등의 아비규환에 허덕이는 십전 지옥행이 분명하고 자손 대대로 그 지옥을 못 면할 것이니 이러한 행은 반드시 조심해야 할 것이다.

특히 자신의 능력을 너무 과대하게 포장하고 내세우며 잘난 척하려는 마음을 버려야 한다. 버리지 못한다면 이상에 의한 아집, 교만, 이기심, 호승심 등의 화기를 다루지 못하고 지배를 당하다가 종국에는 그로 인하여 패가망신을 당하고 또한 여러 방편과 다방면에서 실패를 맛봄으로써 원망과 한탄의 일생을 보낼 수 있기 때문이다.

자, 그렇다면 어떻게 하는 게 관세음보살님에 현신이요, 공(共) 생(生) 상(祥) 화(和)의 인애심을 두루 갖추고 천추 고금에 관세음보살님의 대자대비 구고구난의 대자비심에 기인한 덕행을 베풀 수 있을까? 다음과 같은 행심으로 노력한다면 참기도의 시작이 되었구나 할 수 있겠다.

상심하심 사심분심 없는 마음으로 모두를 대하여야 한다. 베풀 때에는 취하거나 버리거나 바라는 마음 없이 베풀어야 한다. 필요한 만큼만 취하되 차고 넘치는 것은 아낌없이 나누고 베풀어야 한다. 온화한 미소, 따뜻한 미소, 부드러운 미소, 애심 어린 미소를 차별 없이 나누어 주어야 한다.

따스한 말 한 마디, 부드러운 말 한 마디, 사랑스런 대화로써 칭찬과 배려를 아끼지 말고 나누어 주어야 한다. 정당하고 올곧은 행에는 몸을 사리지 말고 돕거나 행하여야 한다. 또한 부당하거나 잘못된 곳에는 체면을 논하지 말고 적극 나서서 바로잡기 위한 곳에 힘을 아끼지 말아야 한다.

즉 선심, 선행, 선정의 선덕을 많이 베풀기에 힘을 쓰고 노력하는 데 일말에 주저함이 없고, 망설임이 없으며, 사심 없는 선행을 베풀어야 하는 것이다.

이러한 신심으로 용맹정진하는 데 이를 두고 어찌 관세음보살님의 현신이라고 아니할 수 있으며 '옴마니 반메훔'의 진의가 아니라 할 수 있겠는가.

우리 모두 바른 불심과 보살행으로만 중생이 더불어 공존하며 현생의 모든 세계가 살기 좋은 무한극락 정토세계를 이룰 수 있도록 상호 존중과 이해와 배려를 앞세워서 시기 다툼 다 버리고 손에 손잡고 힘차게 힘차게 달려가야 할 것이다.

본 대로, 느낀 대로, 바란 대로

책(문서)이란 무엇인가. 우리 모두가 일상에서 접하고 참조하며 누누이 전내하며 문무학적 지식, 야사, 비화, 역사, 법전, 지침 등의 언들이 그림, 문자, 도형, 수리 등의 형상으로 기록되어 보관되거나 널리 보급시키는 수단의 물건으로서 없어서는 아니 될 가장 소중한 것들 중 하나가 아니던가. 또한 선대의 여러 문헌들을 보고 배우며 그 내용의 진의를 더욱 값지게 다듬어 후손에게 대물림하여야 할 사명감이 깃든 물건이기도 하다.

우리의 삶에 있어 여러 방편으로 활용되고 소용되며 그 종류에 있어서도 무한대의 영역과 소용 범위가 있으니 책이 없는 우리 인생 과연 얼마나 지탱될 수 있을까.

책이란 우리에게 있어서 큰 스승이요, 양식이요, 힘인 것이다. 이것이 없었다면 오늘날 어찌 우리가 선대의 밝은 법을 이을 수 있었으며,

전내할 수가 있고, 오늘날 입고 있는 이 혜택들을 누릴 수 있었으며, 또한 후손을 가르치고 후세에 전할 수 있을 것인가.

고로 책이란 그 속에 들어있는 내용이나 뜻이 어느 개인의 것이 아니요, 우리 모두의 것이며 누구나 경의와 비평을 할 수 있으며 활용할 의무와 자유와 권리가 있는 것이다.

대저 책이란 쓰임이 무엇인가. 좋은 법, 유익한 내용, 활용가치 등을 메모하여 두고두고 읽히며 만세 중생들의 미혹의 배고픔과 갈증을 달래며 깨우치고 일깨워서 인성이나 생활의 윤택함을 추구하도록 집필되는 게 목적이고 주체가 아니겠는가.

한데 이 내용에 맹목적인 지지와 맹신을 추구하며 경의와 찬탄과 비판을 자제하고 제약을 가한다면 미완성의 내용은 진일보의 발전을 꾀하지 못하고 그대로 사장대고 말 것이니, 수준의 답보를 면치 못할 것이다.

맹신은 조화발전을 저해하고, 경의와 찬탄, 많은 허구와 오류 속으로 흐를 것이며 비판은 진일보의 발판이 될 수도 있기 때문이다.

대저 책이란 그 누구의 소유물도 아니요, 전유물도 아니며, 그 법신이 탄생하는 순간 그의 부모나 자식은 만인이 되어야 하지 탄생시킨 객체가 되어서는 안 되는 것이다. 옛 성인들은 이러한 법칙을 밝게 알아 누구나 볼 수 있고 연구·검토하여 발전시키도록 설하신 것이다.

한데 언제부터인가 이와 같은 본질이 조금 빗나가기 시작하였으니 우리가 오늘날 구입하여 읽어본 소감들을 보면 이해가 갈 것이다. 부언

하자면 책머리와 끝 부분을 한번 관심 있게 들여다보라 하면 이해가 갈 것이다.

주관 내용들을 흝어보면 개개의 선학들께선 각고의 분투노력과 옛 성현들의 뜻에 부합되어 중인을 가르치고 깨우치기 위한 노력의 뜻을 느낄 수 있으며, 그래도 부족함을 느껴서인지 전래되는 옛 성인이나 성현들의 문헌들을 상당수 인용하고 활용하며 각 문헌 및 고전들을 세대에 맞게 세태에 맞게 더욱 진일보하고 알기 쉬우며 대중적으로 더더욱 널리 알리기 위하여 노력들 하셨음을 엿볼 수 있으니 경의와 찬탄을 아낄 수가 없다.

허나 여기서 짚고 넘어가야 할 게 있다. 대중 즉, 세속이란 큰 무리는 남자, 여자, 노인, 아이, 청년, 장년, 심강, 심약, 신강, 신약 등의 셀 수 없이 많은 각양각색의 사람과 물물, 각지각처의 지세지형 동식물 등 무수한 영역의 만물이 뭉치고 흩어지며 과거를 만들고 그 과거를 거울삼아 질 좋은 현재를 추구하며 살아가고 보다 나은 미래를 위하여 전력투구하는 것이다.

이 중에 특히 인간 세속이 더욱더 전력 추구함에 있어 많은 혼란과 부작용을 표출한 바, 이를 염려한 성인의 가르침에 예로 우리의 교화경, 진리훈을 들 수 있겠다. 그중 '인물이 동수 삼진하니 왈 성명정이라. 인은 전지하나 물은 편지니라.' 하는 대목이 있다. 즉, 하늘의 기운을 동식물 등 각종 물질은 덜 받고 인간만이 온전하게 다 받았단 뜻인 것이다.

그런데 우매한 인간들이 하늘 기운을 다 받고서도 그 뜻과 활용가치를 몰라서 방황하고 고뇌하며 길을 몰라 헤매고 있다. 그래서 시시때때로 수많은 성현들을 배출하여 그 우매함을 깨치고 바른길로 인도코자 등불을 밝히고 중생을 교화 일깨우고자 많은 참글을 저술하신 것이다.

그럼 지성과 우매함이란 무엇인가. 소위 말하는 오늘날의 학벌인가, 아니면 재물의 많고 적음인가, 명예의 위상이든가, 잘나고 못나고, 마르고 살찌고의 인상이든가, 그도 아니면 흑백 인종, 촌사람, 대처사람 등에 지성과 우매함의 경계가 있을까? 과연 우매함이란 무엇을 뜻하며 어디에 있을까?

그건 바로 우리들 속에 자리하고 있는 것이다. 누구는 대학 나오고 누구는 유학까지 갔다 왔는데 쟤는 고졸이래, 쟤는 중졸이래, 쟤는 그마저 학교 문턱도 못 넘었대 하는 '아상고 타상하'의 분별지심이 바로 우매함이요, 인물의 고하미추를 따짐이 우매함이요, 죽, 밥, 고기를 따짐이 우매함이며, 귀로 듣고, 눈으로 보고, 코로 맡고, 입으로 먹되, 내 것은 중하고 네 것은 가볍고, 내 똥은 향기 나고 네 똥은 구리다 하는 우월적 분별지심을 우매함이라 하는 것이다.

또한 자아도취, 성취욕, 즉 관념과 환상에 사로잡혀 나만을 위하고 취하며 남이야 어찌되든 배려하고 동정하며 동질적 상호 존중의 이해와 화해, 조율, 타협점을 모색하려고 노력할 줄 모르는 것이 가장 큰 우매함이다. 똑똑하다, 부자다, 명예와 지위가 높다 해서 하늘의 도를 활용함이 올바르다 할 수 있는 지성인이라 할 수 있겠는가.

고로 수많은 잘잘못들을 바로 세우고 몰라서 행하지 못하는 중생들을 깨우치고 교화시켜 훌륭한 과거와 행복한 현재와 광명의 미래를 위하여 즉 홍익인간, 이화세계의 무한한 복락을 이루고자 제대 성현들이 각고의 심신과 심혈을 경주하며 오늘날까지 천인지도의 참 법륜을 굴려 밝은 이치를 계승시키며 만인의 삶과 의식의 질을 높여 조화로운 세상을 이루도록 그 토대를 만들었던 것이다.

또한 옛 성현들은 당신들의 주창이 절대라 강요치 않으시고 선후 대대로 성현들이 출현하여 그 법륜을 이어가며 더욱 갈고닦아 발전시켜 나가길 바라신다 함은 믿어 의심치 말아야 하겠다.

하지만 오늘날 우리는 물질, 명예, 욕구 만능주의적 덫에 치이고 빠져 허우적대니 이는 천의를 거스르고 스스로의 욕망의 덫에 빠져 고통당하니 누구를 원망할 것인가.

돈은 있어도 살고 없어도 살지만 마음은 없으면 죽는다. 인간의 의지는 태산도 녹이고 심해도 고갈시킨다 했다. 바로 이 크나큰 힘의 원천인 의지란 무엇인가? 이것이란 우리의 마음인 것이다. 즉, 너와 나 우리의 혼이며 정신인 것이다.

마음에 의지가 강하게 일면 어떠한 고난과 역경도 능히 헤쳐 나가지만 마음이 스러지면 순가락 들 힘마저도 스러져 버리는 것이 법이요, 이치인 것이요, 진리인 것이다.

그러니 이와 같은 법과 진리를 찾자면 자기의 마음을 조용히 들여다보면 능히 찾을 수 있는 것이다.

자기 안에 법과 진리가 담겨 있고 자기 안에 우매함이 자리하나니 이는 오직 자기 자신을 찾아 갈고닦아야 하는 것일진대 어찌 학벌, 상하, 빈부, 미추를 따지며 분별사량에 취하여 닦겠는가.

날씨가 아무리 춥다 해도 내 마음이 따듯하면 따뜻할 것이요, 날씨가 아무리 덥다 해도 내 마음이 추우면 추울 것이며, 차고 더움, 미움과 원망, 행복과 불행 등 모든 게 내 마음 안에 상존하니 굳이 돈 들여 품 들이며 그 어느 곳을 헤맬 것인가.

이 한 몸 머무는 곳 여기가 학교요, 법당이요, 성당이며 교회라 만고강산 다 품고 앉아서 무엇이 없다 하며 허둥지둥 애달프다 한단 말인가.

얇디얇은 피륙 한 장의로 만상을 생하고 멸하는데 시기와 간투와 질투와 고성과 온갖 협잡으로 서로의 골육을 뜯겠다고 아우성이니 이 어찌 통탄할 노릇이 아니겠는가.

각설하고 이 모든 고초와 불행의 씨앗은 천심을 어기고 본성을 접어둔 채, 사람들이 개개인의 잣대로 세상을 영위하며 본분을 망각한 채 탐욕과 아집과 분별에 집착하여 스스로의 고해와 망상에 시달리며 물질적 가치관만의 그물에 걸려서 허덕이고 있다.

이제라도 분발하여 옛 성현들의 말씀에 귀 기울이며 보고 듣고 행하며 마음자리들을 닦아 나간다면 머지않아 우리는 너와 나 우리와 그대들 등이 서로 뜯고 싸우지 않으며 합심 발 덕 의로 망상의 그물을 찢어버리고 자유와 평화의 복락을 누릴지니, 이에는 여러 석학들의 영향력이 크게 작용하며 무거운 사명감이 요구되는 것이다.

그런데 오늘날 여러 선비, 학자, 각계각층의 지도자, 영도자 등 박학다식하다는 분들의 많은 서책과 참고 문헌 배출, 후인의 가르침에 언뜻언뜻 서운함이 비춰지는 요지가 있다.

독창적 수행 발득의 진언들이야 무수히 많으면서, 또한 이에는 옛 문헌들을 해독하고 참고하며 인용하여 다방면에 창의력과 성득 깨달음을 응용하며 본인의 심성을 풀어 보다 많은 사람의 이해를 돕기 위하여 노력하였으나, 아직도 문헌상의 고난도 어필로 인하여 대상이 일부의 지식층이라 자부하고픈 곳으로만 흐르며 민초의 읽힘이 그리 수월치 않음이 많기 때문이다.

이는 은연중 과시욕이나 상업적인 측면의 난해함과 포장에 의하여 진정한 민초의 갈망을 풀어주고 아픔을 달래고 힘이 되어주는 지침서로서의 기능이 결여되어 있기 때문인데, 이는 내용이 가벼워서가 아니라 너무 무겁기 때문에 다중의 저학층이 이해하기 어렵다.

물론 '다 그렇다'는 건 아니다. 훌륭한 마음의 양식으로 본분의 해석과 지침서로서는 가히 분에 넘칠 정도로 대단한 문헌들이 수두룩하다. 다만 이를 접하고 논하며 상용하는 이의 마음 여하에 따라 득도 되고 실도 되는 것이다.

옛 글이나 문헌 서책을 볼라치면 그 효용가치를 널리 알리고 인용하며 그 쓰임이 지대하기를 갈구하였고 뛰어난 학자가 탄생하여 더더욱 깊고 높은 학문으로 법문으로 갈고닦아 후세에 인용하고 전하기를 원함이 곳곳에 배어있으나, 본문 서두에 저술하였듯이 소위 좋은 책이다 싶어 구입하여 읽어보면 과연 대단한 분이다 하며 경외심이 절로 난다.

허나 어찌하다 겉장이나 뒷장을 볼라치면 '본문은 어쩌고저쩌고, 일체 임의도용, 인용 어쩌고 민형사상 책임, 불법복제, 어쩌고저쩌고' 하고 도장 꽝, 이렇게 떡 하니 펼쳐진다.

참 서글픈 대목이다. 내용이 어떠한들, 이상이 아무리 큰들, 내용이 아무리 알찬들 무엇하리. 이렇게까지 보호와 소유의 즉세를 채워야 하나? 모든 게 허구란 마음이 든다.

본인들은 만세의 선문들을 이리저리 응용하고 기재하면서 어찌 본인 것은 안 될까? 이는 혹여 고아상 아집이며 호승심의 발로요, 과시욕의 표출이며 상업적·물질적 가치관에 편승하여 명리나 재물에 연연할 뿐, 진정한 애재 인심은 결여되었구나 하는 선입감이 마음을 짓누르며 비판적 가치관이 호승을 부린다.

당신은 대도를 얻고 글 문을 깨우쳐 중생을 교화한다 하나 나에게는 손장난, 입 장난, 글 장난으로밖에 안 보이니 수 세월에 이룬 식탑이 허무뿐이로구나 한다.

지각과 능력을 겸비한 대학, 중용학 석학자들께 바라고 당부하나니 너무 고난도의 세상을 보지 말고 우리 주변의 귀와 귀, 눈과 눈 사이 손끝 발끝에 이는 일들 즉, 아주 가까운 곳에서 유동하는 도의 이치들을 정리하여 진정 이 순간 우리가 필요로 한 게 무언가를 집필하여 주신다면 이보다 더 큰 공덕이 있겠는가.

목마른 자에겐 물을 주는 이가 부처님이요, 헐벗은 이에게 옷을, 굶주린 이에겐 양식을, 상심한 마음을 어르고 피폐된 정신을 어루만져줌이 즉심즉시에 나투시는 만 부처님이요, 만 보살님인 것이다.

훌륭하고 훌륭하신 대 중용학 석학님들에게 행여 앞으로 내어놓을 책이 있거들랑 대들보도 중요하지만 추위와 굶주림에 신음하는 저 민초 서민들의 아궁이를 피워 구들이나마 따뜻이 데워줄 잔 나무들 좀 많이 키워주길 갈구하는 바이다.

또한 애써 엮은 질 높은 서책의 얼굴에 통칠하는 무단, 형사, 민사, 발췌 등의 서슬 퍼런 문장은 자제함이 좋겠다. 이는 바로 잘 지어놓은 밥에 재 뿌리는 격이 아니던가. 피워놓은 향에다 물 뿌리는 격이 아니던가. 기껏 돈 내고 샀는데 이와 같은 문구가 확연이 눈에 띈다면 돈만 챙기고 서책은 주지 않겠다는 심보와 뭐가 다른가. 물건의 값을 치르고 구입한 이상 이미 그 물건은 제작자의 것이 아니라 구매자의 것이다. 어찌 값을 받고도 주인이라 권리를 주장할 수 있더란 말인가.

물론 경제적인 여건상 수입이 없어서는 아니 되겠기에 상업상 이익 및 저작권자의 보호가 필요하겠지만, 이는 이와 같이 살벌함으로 드러내지 않아도 제도적 장치가 가능하리라 본다.

큰 스승은 명예에 연연 않고 소인은 이름에 연연하며, 큰 빛은 영원히 광을 내고 촛불은 때 되면 꺼지는 법 아니던가.

현세의 훌륭한 석학들은 머리로 쓰기보다도 마음으로 쓰는 글을 지향하길 간절히 바라며 또한 마음 글이란 영원히 빛날 것이니 후세에 물려줄 값진 유산이 될 것이다. 요즘의 각박함에 두뇌도 중요하지만 마음이 더욱더 그립고 찾고 싶은 고향이요, 등불이 아니겠는가.

이제부터라도 우리는 거산의 거목을 지향하기보다는 야산의 소목이 되어 '가난한 만중생의 땔감이 될 수만 있다면 무한한 복덕이리라' 하는 심성을 갈고닦는 노력에 치중하여야 하겠다.

이목구비신

통이지성지 흑상하견이요

개안명암지 동지삼경이며

향취악취지 유분별심이요

활구사구지 허망다언이면

사대육신이 명명철철하나

광무등하요 실심실신이라

우인제도지 무주공산이로다

지식의 덕성

현안은 없는 것은 잘 보나 있는 것은 잘 못 본다

우안은 있는 것은 잘 보나 없는 것은 잘 못 본다

현자는 배고픈 들쥐에게 독사를 던져주고

우자는 배부른 독사에게 들쥐를 던져준다

현자는 영유아에게 천지현황 사문유관 가르치고

우자는 성인들에게 가갸거겨 언문을 가르친다

멧돼지는 조상에 얼과 인의예지를 가르치고

강아지는 이웃사랑 화합상생의 예를 가르친다

배부르고 등 따신 자는 눈물과 희생의 가치를 논하고

헐벗고 배고픈 사람은 이웃의 양식을 걱정한다

지자의 도는 모래가 쌀이 되어 만인의 배를 채우고

우자의 도는 나무가 불이 되어 방구들을 데운다

현자의 망언은 진리 법도 철학이 되고

우자의 정언은 시기와 망발의 허언이 된다

현자의 사행은 예의범절 인의법도가 되고

우자의 정행은 사리분별도 모르는 망도가 된다

하니- 하니- 하니-

나를 향하여

여러분, 여러분께서는 누구를 위하여 무엇 때문에 어떠한 목표와 희망과 꿈을 가지고 그에 매여서 희로애락을 겪고 일구며 살아들 가십니까? 부와 명예를 부모를 자식을 나라를 이웃을? 아니면 심신의 안정과 행복을 위하여서? 이루 헤아릴 수도 없는 많은 이유와 설정이 있겠지요.

하지만 여러분 이타 저타의 여러 이유를 떠나서 이 모든 것이 다 결국은 나 자신을 위해서라는 자각심을 가지고 자신의 목표를 정하신 분이 얼마나 계십니까?

이제라도 우리는 '내가 누구 때문에', '고마운 줄 알아야지', '누구 때문인데', '분수도 모르고', '너를 위해서', '내가 살려줄게', '불쌍한 이들을 위하여' 등의 아상집적 찬미어를 버리십시오.

원론은 모든 행동 내지는 행위가 자아 성취욕의 발로임을 왜 망각하십니까? 베풂도 나눔도 자아심을 밝히는 것이요, 시기와 간투도 자아심을 밝히는 것이요, 과시와 겸손도 자아심을 밝히는 것입니다.

즉, 우리가 살아가면서 자의식이든 타의식이든 간에 아니면 환경적 인식에 의해서든지 간에 모든 행위는 진망(선악, 청탁, 후박)의 자아심을 충족키 위한 것일 뿐이지 그 이외의 이유는 허망일 뿐입니다.

일찍이 부처님께서 이와 같음을 꿰뚫으시어 '삼독(탐, 진, 치)을 놓아라, 버려라' 하셨으니 이는 곧 행위적 자아심을 바로 알아서 진망을 밝힌다면 참진아상을 이루어 자타가 모두 성불할 수 있다는 무진법문이 아니겠습니까?

여러분 이제라도 세우십시오. 원대한 포부와 꿈과 희망을 대소사의 비전을 굳세게 갖추고서 내일을 힘차게 준비할 적에 그 바탕 초석은 '나를 위해서 자아성취를 위해서이다!' 하고 말입니다.

여러분이나 내가 각자의 자기 서원을 세워서 열심히, 열심히 자신의 진망을 밝히고자 노력하려는 마음을 내고 그 행이 따른다면, 진심(선심, 청심, 후심)의 밝음을 더욱 밝게 하고 망심(악심, 탁심, 박심)의 어둠은 한 올 한 올 걷어내기 위하여 수행하기를 게을리 않고 '열심히 노력하자!' 하는 한 마음이 곧 선근의 씨앗이요, 성공으로의 첫 걸음이요, 자타원융의 성불조화로 반야바라밀의 언덕에 이르는 종자가 되는 것입니다.

우리가 살아가는 이 한세상, 왜 무엇 때문에 어째서 누구 때문에 누구를 위하여 등등으로 헤매지 마십시오. 이제는 자신의 목표를 '나를 향하여, 나를 위하여'로 고정하십시오. 이게 정답이요, 길입니다. 이게 순리입니다.

'남들을 위해서 해야 좋지, 왜 자기만을 위해서?' 하고 의문을 품지 마십시오. 역행이 아닙니다. 만유천의 상생이치요, 자연의 순환법칙입니다. 또한 내가 살아갈 수 있는 지혜의 샘이요, 내 삶의 창조력이요, 진화의 길잡이입니다.

자비실천의 제일 주체가 자신 아닙니까? 자신에게 베풀어야 할 자비도 모르고 어느 누구를 위하여 자비를 베푼다고 감히 지칭할 수 있겠습니까?

자, 그러면 여러분, 어떻게 하는 것이 '나를 향하여, 나를 위하여' 행동할 수 있을까 하는 실천론과 방법론이 대두되겠지요?

여기에는 만성만행이라 즉, 만 가지의 통함과 만 가지의 가지 법수 행동론이 있나니 어찌 필설로 다 형용할 수 있을까만 그중 극히 기초적인 몇 가지만 예를 들어 보죠. 이는 바로 무극과 태극의 이치요, 상대성 원리입니다.

나라는 존재는 항시 한 단면을 차지하지요. 즉, 둘 중에 하나로 언제나 유무한 가치를 나타냅니다.

내가 부동하면 상대도 부동하고 내가 유동하면 상대도 유동합니다. 내가 지혜를 발하면 상대도 발하고, 내가 지식이 늘면 상대도 늘고, 내가 유약하면 상대 역시 유약하고, 내가 강성하면 상대 또한 강성하고, 내가 삼망을 발하면 상대도 삼망을 발하고, 내가 삼진을 발하면 상대 역시 삼진을 발하나니 언제나 어디서든지 나는 주체의 일면임을 자각하고 임임처처에 임해야 하는 것입니다.

옛적에 '이 세상에 존재하는 그 무엇도 못 뚫을 게 없는 창이 만들어지니 이 세상에 그 무엇도 뚫지 못하는 방패가 생겼다더라' 하는 이야기가 있는데 사실이든 아니든 간에 그 창과 방패가 만나면 어찌 될까요?

서로가 잘났다 우기며 뚫을 수 없는 방패를 뚫기 위하여 창이 제 능력을 과시하고자 언젠간 자기가 뚫리겠지 하고 죽어라 헛고생으로 소일하고, 방패 또한 네까짓 게 백날 용 써봐라 내가 뚫리나 하고 웅크리고만 있다면 아무리 대단한 힘이라도 아무 쓸모가 없지요.

하지만 창과 방패가 서로를 인정하고 합심 조화를 이룬다면 무소불위의 능력을 발휘하며 그 시대의 최고를 구가할 것입니다. 이것이 바로 합심 조화와 아집 분열의 상대성(태극) 원리의 산물입니다.

그러므로 여러분, 우리는 각자가 자기의 방편을 갈고닦는 수행자가 되어 무소불위의 창이 되고 방패가 돼야 하겠습니다.

영업자는 영업 부문에서, 상업자는 상업 부문에서, 교육자는 교육, 업무자는 업무, 학업자는 학업, 수행자는 수행, 지혜자는 지혜, 지식자는 지식, 기타 등등의 부문에서 최고의 창이 되고 방패가 되기 위하여 열정을 바친다면 이것이 곧 나를 향한 위한 수행이요, 자심자비 정심정행의 발심공덕입니다.

이리하여 내가 최고의 창 내지 방패가 된다면 상대성 원칙에 의한 자연 발로로 경쟁 내지는 연결 분야 매체도 그리 되니 서로가 최고의 능력을 얻어 서로 마주 대할 때 아집, 분열을 배척하고 합심 조화를 이룬다면 시대상 세속적 경쟁 시기와 비하 도태의 아귀상을 뛰어넘어 무한 복락과 발전을 구가할 것입니다. 능력발휘, 능력개발, 자비실천, 수행발득, 행사발심 등을 타아가 아닌 자아를 향해 행하는 것이 곧 아, 타를 불문하고 모두를 밝히는 것입니다.

이는 곧 『금강경』 중에 '약이색견아, 커나 이음성구아 하면 시인행사도라, 불능견 여래니라' 하옵신 부처님의 가지 법신인 것입니다.

여러분, 그렇지 않습니까? 내가 능력이 있어야 남을 도와주고 내가 건강하고 바로 서 있어야 만인에 귀감이 되고 내가 있어야 억천만 사가 주지되지, 나 하나 쓰러지면 세상만사가 허망할 뿐입니다. 말로만 주창하지만 주변에 부담감만 안겨줄 뿐이라 허망한 사불심만 기를 뿐이니 한시라도 빨리 죄다 버리고 나를 밝히는 방편 가지에 일로 정진하시길 바랍니다.

그러나 여러분, 그렇다고 나를 위해서 하니까 그저 남이야 어떻든지 자기만 배부르면 되지, 자기만 좋으면 즐거우면 행복하면, 자기만 잘났으면 되지 하고 치부해 버리면 이는 '나를 위하여, 나를 향하여'의 근본 취지와는 정반대가 되는 것이요, 부처님이 가장 경계하라 하시던 삼독에 빠져 버리는 것입니다.

즉, 널리 이로운 조화로운(좋은) 사람이 되기 위하여 나를 향하라 했는데 한순간 실심으로 자기밖에 모르는(나쁜) 사람이 되어 버리는 것이지요. 앞서의 창과 방패의 대립 현상이 일어나는 것입니다.

이제껏 주창한 대로 나를 위하는 것인데 왜냐고요? 자, 풀어 봅시다. 네가 없으면 내가 있을 수 없지요? 이웃이 가족, 조상, 사회, 국가,

지구, 태양, 존재적 가치관, 기타 등등이 없다면 나란 존재는 있을 수가 없지요.

무한한 만유 만사도 과거, 현재, 미래도 내가 없다면 한낱 무용지물이지만, 내가 있으므로 온갖 나무와 꽃들, 각종 짐승과 미물과 만상의 환생, 환멸, 환고, 환락을 감지하며 때로는 우월감에 때로는 비하감에 초조, 불안, 절망, 희망과 환희 등의 생사고락을 향유하는 겁니다.

고로 이타의 모든 존재들을 나의 일부로 인식하고 늦췄다 당겼다 하며 나를 단련하고 개발하고 능력을 길러서 모두와 공유하고 보호하고 베풀고 존중하고 경애하며 더불어 살고자 노력할 때 우리는 진정한 나를 찾을 것이며, 창조와 진화·발전에 거침없는 행보가 이루어지는 것입니다.

여러분, 내가 조상을 이웃을 사회를 가정과 환경적 요인을 외면하는 것은 나의 존재적 가치를 외면하는 것이요, '사람이 사람이라고 다 사람이냐, 사람이 사람다워야 사람이지'라는 힐난의 소리를 달고 다니게 되나니 뭇 짐승과 미물, 사물, 기물만도 못한 존재가 되는 것입니다.

지구가 파괴되고 나라가 망하고 사업장에 가정사가 인의, 인정, 윤리, 도덕이 파괴되고 단절되었을 때 우리가 있을 곳은 과연 어디겠습니까? 사후에나 천당, 극락, 도화선경, 아니면 도리천, 도화천, 요단강에 배 띄우고 낚시나 즐겨요? 그래요?

아니지요. 우리가 살고 있는 이 세상이 바로 극락이고 천당입니다. 조화선경이요, 아비규환, 아귀축생의 지옥도 되는 것입니다. 한강에 배

띄우고 유람하면 도솔천이요, 자의 내지는 타의로든 죽을 요량으로 배회하면 생사천이요, 지옥의 산책로입니다.

죽으면 만사가 소멸되는 법, 살아서 극락이고 살아서 지옥입니다. 사후 세계는 현세의 연장선상일 뿐이지요. 하여 우리가 현생에 극락을 누린다면 죽어서도 극락행이요, 현생에 지옥을 거닌다면 죽어서도 지옥이지요.

여러분, 우리가 죽음에 이르러서 만인이 아쉬워하고 자기의 양심에 걸림이 없다면 극락 천당행은 당연함이요, 만인의 지탄 내지 무심함과 지난 생에 일말의 후회와 자조와 아쉬움이 남는다면 지옥행이 되는 것이지요.

여러분, 이제라도 우리가 살아생전에 어떠한 마음과 행실로써 현생의 삶을 보람차게 살아야 하겠구나 하는 것을 한시라도 더 빨리 깨달아야 하겠습니다. 이러한 삶, 이러한 생활관에 가장 빨리 이를 수 있는 방편은 '나를 향하여, 나를 위하여'입니다. 나의 존재적 가치를 느낄 때 상대의 존재적 가치관을 느끼고 볼 수 있게 되기 때문입니다.

항시 나누고 사랑하고 보호하고 존중하며 상대를 위하는 게 나를 위하는 것입니다. 나를 위한답시고 상대를 속이고 뺏고 질투와 간투, 시기, 탄핵, 외면 내지는 변명으로만 일관하고 흙 한 줌, 풀 한 포기 소중함을 모르고 욕망의 쾌락만을 쫓아다닌다면 이는 '나를 위하여, 나를 향하여'가 아니요, 부처님의 가르침과 천리의 행을 따르는 게 아니라 거슬러 역행하며 진화·발전이 아닌 악화·퇴보로 가는 것입니다.

칠공 육덕으로 보는 세상은 좁은 안목이요, 짧은 세상살이지만 심안·심덕의 정신으로 즉, 심신의 혜안으로 보는 세상은 넓고도 깊은 끝 간 데 없는 무한한 환생의 길이 있고 영원한 이화세계가 있는 것입니다.

우리의 속담에 '개똥밭에 굴러도 이승이 낫다' 하는 격언이 있지요? 그렇습니다. 아름다운 산하에 생하는 초목과 갖가지 생명들의 즐거운 노랫소리와 소중한 가족과 이웃과 동고동락 울고 웃고 정을 나누며 교류하는 이 세상 이곳이야말로 극락선경이 아니고 무엇이겠습니까? 한데 왜 속인들은 그저 욕구·욕망에 취해서 널리 보질 못하고 눈앞의 이익만을 위하여 상대를 속이고 헐뜯고 짓밟고 욕하고 기만하며 오로지 밟고만 올라서려 하는 것일까요?

이와 같은 게 결국은 나를 위하는 게 아니요, 종국엔 나를, 여러분을 파멸시켜 십간지옥의 아비규환을 가꾸며 지옥도를 이룰 뿐인 것인데도 말입니다. 왜 그럴까요? 참 답답합니다.

이유는 간단합니다. 그것은 바로 육공(눈, 코, 입, 귀 등)으로 만사를 관하며 욕망·욕구에만 사로잡혀 자아 본연의 당처인 심신 즉, 마음과 정신의 혜안이 가려져 있기 때문입니다.

여러분, 이제부터 우리는 나를 향하여 마음을 활짝 열고 정신을 갈고 닦아 영원한 불국토인 더불어 사는 자비세계 조화선경 천당극락의 이화세계라는 넓고도 드높은 저 언덕을 향하여 진력을 다합시다. 바로 나를 향하여, 나를 위하여 다 같이 손에 손잡고 힘차게 나아가는 것입니다.

인행 응보

호랑이 등에 올라타고 요람을 꾀한다지만, 기쁨은 간곳없고 허무와 서글픔에 고심만 가중되어, 이제 그만 내리자고 앞을 보니 시뻘건 아가리에 대짜 이빨 번득이고 좌우를 살펴보니 천 길 밑의 바위틈에는 독사들이 꿈틀대며 첩첩산중 자락마다 창날 검날 시퍼렇구나.

혹여 하고 돌아봐도 지나친 발자취는 간곳없고, 텅 빈 암흑 속에 가녀린 호롱불빛 좌우 풍에 휘청거리며 잡아주고 막아달라 간절히 손짓한다.

이내 한 몸 가누기가 천중 새알 세기보다 어렵고 어렵거늘, 저 여린 불빛들을 내 어찌하여 풍랑에서 건져낼까나. 한없는 애달픔에 오간장이 타는구나.

이 한 몸 빌려 입고 이 세상에 나올 적엔 뜻이 있고 맡은 바 소임이 있을진대, 한 시절의 고난과 서러움에 근본을 모두 잊고 의지와 능력을 한탄하며 주지육림 빠져들어 어둠 속을 방황한다.

그렁저렁 공황으로 한세월을 헤매다가 그래도 어찌어찌 풀어볼까나, 호랑이 등에 구 층 옥탑 쌓아놓고 천 번 만 번 대절하고 향 차를 올려본들 뒷간에다 촛불 켜고 똥오줌을 갈기면서 부모 이름 자식 이름 형제자매 단 한 번이라도 불러봄만 못하다.

그러함을 자각하고 알면서도 모르는 척 외면하고 오늘도 주저주저 우유부단, 호랑이 등에서 내리지를 못하고서 가야 할 길, 가지 말아야 할 길 선택도 못하고 방향도 잡지 못하고서, 오로지 호랑이에게 내맡기니 무력감과 좌절감만이 요동치며 겹겹이 쌓이는구나.

현생의 생활상은 과거생의 필연이요, 미래생의 전초라 하기에 심난의 폭풍우 속에서 한 구절을 떠올리며 작디작은 불씨를 억지로나마 만들어서 감싸 안고 호호 불며 청홍 빛 황금불로 활화산 이루고저 설사해 놓은 개똥밭에 안아 보고, 누워 보고, 서도 보며, 좌로 우로 헤매다 동지섣달 설한풍에 고단한 심사 쉬자 하지만 이 밤도 뒤척이며 지새운다.

친구 따라 강남 간들 그 친구의 집이지 나의 집은 아니라서 첩첩산중 뛰어들어 다리 놓고 길 닦고자 동분서주하여 보나 선지식과 도우들의 손길 발길 묘연하고 독불묵선 들자 하니 호미 괭이 잔자갈이 삼만 근을 넘어서서 억만 근이 되는구나.

처처에 널려있는 가시덤불 솎아내고 쭉쭉 뻗어 키워 올릴 소나무 숲 언제인가. 조급한 마음 앞서가니 두 다리가 주눅 든다. 소싯적의 청춘이야 어두웠다 할지라도 중장년의 말년 생이 빛이 없다 할지라도 내 기꺼이 이 길을 가리라 각성하고 또 다짐한다. 이 한 몸이 기름 되면 내 후생은 틀림없이 밝은 불꽃이 피어나리라 하면서.

호랑이 등이 넓다 하나 나의 작은 텃밭만도 못하리라. 창검 날이 제아무리 시퍼렇게 날이 섰다 하나 투박스런 내 발밑만은 뚫거나 베지는 못하리라.

살갗이 여린 몸이지만 갈고닦고, 닦고 갈고 단련하면 제아무리 큰 이빨도 결코 뚫지 못하리라. 자위하고 위안하며 수심 끌과 솜 망치로 암천 끝을 내리친다.

흑암이 꿰뚫리면 무지개다리 놓아 은하수 벗을 삼고 칠성좌에 술상 차려 대작 한번 치러보리라. 청산에 묻힌 심아, 비바람에 두려워 말고 새록새록 싹 틔워라. 내 너를 위하여 잡초 뽑고 거름 주고 주야장창 보살피며 한세월을 지내리라.

심신을 부여잡고 심신을 다져보며 돌아서면 허공이라 좌절감만 몰아치니, 잿빛 하늘 춤을 추는 저 빛이여, 조양인가 석양인가. 쓰디쓰고 짜디짠 눈물이 앞을 가려 진의를 알 수 없다.

누구라도 한세월을 가노라면 희로애락 겪는 것은 모두에게 동일한데 성신애재 다 잡아서 화복보응 취하려면 심신장애 고달픔이야 초개같이 던져놓고 실바람에 구름 가듯 해와 달이 교차하듯 흔들림 없는 노력으로 오늘 하루도 지내려 하는데 이마저도 어렵구나.

아침에 맺힌 이슬방울은 영롱함을 흩뿌리고 저녁에 피는 꽃은 향기가 우러난다. 오늘 밤은 누구를 찾아 꿈동산에 오를거나.

풍기수행

아아 자풍이나니 풍기수행하라

생극풍기로써 조평락지이니라

모든 바람은 나로부터이나니

나는 바람의 근원이로되

그대 또한 같음일러니

태풍이련가 폭풍이련가

한풍이더냐 훈풍이더냐

그도 아니요 저도 아녀요

흑사풍이더냐 백선풍이더냐

이 풍이든 저 풍이든

분별사량 접어보면

이타의 수행발득

상호 간에 연줄이려니

너도 닦고 나도 닦아 서로 간의

상중하 생왕극기 근기근성

풍기조화로서 선덕풍이 불면

평화와 즐거움이 나느니

재세이화 홍익인의 공완이

바람 이는 곳으로부터

시작하나니라

방일품

제1장: 계율을 지키는 것은 죽음을 벗어나는 길이요, 방탕은 죽음으로 가는 지름길이다. 욕심내지 않으면 죽지 않고 도리를 잃으면 저절로 죽음에 이른다.

제2장: 밝은 지혜로 도리를 잘 따르며 끝내 방탕하지 않는 사람은 욕심내지 않음으로 환희에 이르고 성자의 도리를 얻어 즐거움을 누린다.

제3장: 언제나 마음속 깊이 바른 도를 생각하고 스스로의 강한 의지로 바르게 행동하라. 정법에 굳게 머무는 사람은 윤회에서 벗어나리니 이보다 좋은 곳 세상에 없네.

제4장: 언제나 바른 생각을 떨쳐 일으키고 청정한 행위로 악을 다스려 없애며 스스로 절제하여 법에 따라 살아가면 바르게 살아온 그의 명성, 날로 늘어가리.

제5장: 분발하여 수행하고 방탕하지 않으며 도리를 좇아 스스로 마음을 조절하고 지혜로워서 마음을 집중하고 깨어나 살필 수 있다면 어두운 생사의 연못으로 되돌아가지 않으리.

제6장: 어리석은 사람은 집착에서 벗어나기 어려워 탐욕스럽고 음란한 마음으로 다투기를 좋아하며 지혜로운 사람은 언제나 삼가 귀한 보물 다루듯이 마음을 지키네.

제7장: 탐하지 말라. 다투지 말라. 욕망의 즐거움에 빠지지 말라. 마음을 집중하여 방탕하지 않으면 더 큰 즐거움을 얻을 수 있으리라.

제8장: 이미 지혜의 높은 누각에 올라 모든 위험을 물리치고 마음 편안하니 산 위에 올라가 대지를 굽어보듯이 밝은 지혜로 어리석은 사람을 굽어본다.

제9장: 음란한 무리 속에서도 몸을 바르게 하고 잠든 무리 속에서도 홀로 깨어있는 사람은 사자보다 강한 힘으로 부지런히 수행하여 악을

버리고 큰 지혜를 성취한다.

　제10장: 번뇌가 산처럼 무겁게 짓누르고 어리석음과 어두움에 덮여 있어도 편안히 누워서 괴로운 줄 알지 못하니 그러므로 언제나 윤회에서 벗어나지 못한다.

　제11장: 한시라도 멋대로 행동하지 않는다면 번뇌를 다스려 없앨 수 있다. 멋대로 행동하면 마구니가 쉴 곳을 얻나니 그 마구니, 사슴을 잡은 사자와 같구나.

심생념 심생기

심생념 심생기란 뜻(생각)을 일으키면 마음에서 그 뜻을 이루기 위하여 지혜와 노력하고자 하는 긍정적 의지 또는 자기의 한계 내지는 능력 밖이라는 생각으로 애초부터 포기하는 부정적 의지의 기운을 뜻하며 일념 만념 천만념이라.

즉, 한 생각이 만 생각으로 늘어나고 만 생각이 천만 생각으로 늘어나느니, 이를 반대로 논하자면 천만 생각을 단 한 생각으로도 줄일 수 있고 그 한 생각마저도 지울 수 있는 게 마음의 힘이요, 기운인 것이요, 이를 심생념 심생기라 한다.

이 기운은 우리들의 존재적 가치에 있어서 그 무엇과도 비견될 수 없는 무한한 능력이요, 보배요, 힘이요, 성공과 행복으로의 길잡이요, 에너지이며, 만병통치 보약이다. 하지만 또한 그릇된 남용 내지 오용은 실패와 좌절, 부패로 인하여 만 가지 화근이 되어 실패와 좌절의 병폐를 부르는 독약이 될 수도 있다. 우리는 이 심념생기를 조화·응용함에 있어서 그 득과 실을 잘 따져 스스로를 잘 다스려야 할 것이다.

긍정적 사고와 선행이 앞선 심생기의 수행 내지 생활방식은 만독을 다스리며 인격이 향상되고 그로 인한 건강한 삶과 사회적 성공으로 인생의 좋은 복덕과 복락을 누리며 만인의 칭송과 환대로 나날이 행복하다. 하지만 부정적 사고와 아승심의 독선과 이기심이 앞선 심생기의 생활방식은 인격이 퇴락하고 그로 인한 병폐와 사회적 실패와 좌절, 만인의 조롱과 질타를 받으며 온갖 고난에 빠져 심허의 병마와 싸우며 나날이 무간지옥일지니.

우리는 심히 조심하여 심생념 심생기의 흑암과 광명을 간과하지 말고 재삼 관조하여 최상의 보배로 알고 일구어야 할 것이다.

무아지경

온다온다 온다하나 오는자취 알수없고
간다간다 간다하나 가는자취 알수없네
활활타는 화기근원 그어디에 있다던가
줄줄새는 수기근원 어느곳에 있다던가
연기따라 이는성품 연기따라 이는형상
연기따라 이는소리 연기따라 이는색상
저저이도 알려보면 무색이요 무상인데
어찌그리 우매한가 분별사량 놓아놓고
무심하게 바라봄에 좋을씨구 좋을래라
마음없는 그마음이 평안하여 좋을래라

용을 잘 부리고 다스리면 성공한다

　팔용 지관자 천관진인이자 홍익인이니 널리 이로움을 펼치며 만인
사와 통친화 하야 영득쾌락이요, 상생인화로서 지와 덕을 두루 갖추고
사마를 조복시키나니라.

　하면 대표적인 팔용이란 무엇인가 하면 다음과 같으니 포용, 관용,
활용, 응용, 조용, 무용, 문용 등이며 이 팔용을 용들의 수장으로서 중
요하게 여기고 절대 놓치지 아니하고 부리고 다스린다면 당신은 사회
적으로나 가정적으로나 성숙된 인덕으로서 성공하지 못할 사람 어디
에도 없느니라.

이 성정만 체득한다면

아상고성자 필망진이요, 아상중도자 진득성이며, 심신외관자 무철진이요, 심신내관자 유철진이나니라.

무념무상이 유념유상이요, 유념무상이 무념유상이라, 명산대천관자 부견찰성이요, 심신자천관자 순견찰성이나니라.

선유악지에 악유선지며, 낙유동고에 고유동락이라, 유분경계는 심신고력이고, 무분경계는 심신낙천이나니라.

만사만화지 심생근원이며, 만선만복지 심생근간이라, 심기도성의 성신애재찰에 영혼백 조화락이 있나니라.

인상인무에 인하인무이니 아인상하는 인의하락이요, 인선물악의 분별지심은 천지역도요 인의상실이나니라.

아타목견에 하성동등인자 불성신성이 조복락이요, 아타목견에 상성편견인자 사마치도가 조화고력이나니라.

천삼라 지만상이 기생심이라 자심득유불이요, 타심득무불이라 심심 산천이 만향원이요, 처처산천은 허향원이나니라.

고산대목 소의향이요, 소산잡목 대의향이며 관물소탐 대의향이요, 관물대탐자 근소득리 원대실리하나니라.

가는 봄을 어이 잡고 오는 겨울 어이 막으련만 소지혜 육덕치로 삼 성산을 우롱하면 천세 업장을 가꾸는 농사법이나니라.

중아성찰은 백십자요, 경아성찰은 흑십자라 망아상은 사십자요, 고 아상은 멸십자며 관아상덕이 도십자이나니라.

아타덕성 보려거든 악취악습을 관조하고, 아타도덕 인의예지를 보 려 하거든 진치심성에 비춰보아야 하나니라.

일시무시오, 무시무종이며 무시무종 유시유종이라, 념념일시 천만 념시오, 종일념시 천만념멸이나니라.

유불선도의 의와리는 만유귀일종 참진귀일이나니, 진망분지심 무소 득이라, 사마진리 분별사량 한낱 허심이나니라.

조화홍익자 유화합합일의 성복덕인이요, 무조화자는 절복덕견성 유 탐진치의 소인배이나니라.

일상

하나님 아버지? 단군 할아버지?

아버지, 아버님, 할아버지, 상할아버지, 증조, 고조할아버지, ○○인네 ○○아버지, 어떠세요? 죽 불러보니까 어떠한 생각이 떠오르십니까?

"항시 쓰던 말들인데 뭐 별다른 느낌은. 그러니까 그런가 보다 하지 뭐."

"하나님 아버지는 교회서 쓰는 거고 단군 할아버지는 천도교 무속풍류도 등의 종교단체서나 쓰고 할아버지, 아버지 이것은 우리가 어려서부터 이때까지 가족의 관계상 항시 쓰던 말인데 특별히 생각할 게 있나요?"

"하이고, 아버지는 아버지고 할아버지는 할아버지지 무슨 다른 게 있대요."

"남들이 그러는데 하나님 아버지는 예수님 아버지고 단군 할아버지는 우리나라 국조시고 상, 증, 고조할아버지는 내 조상이지요. 안 그래요?"

그래요, 여러분. 맞습니다. 그럴 수도 있겠지요. 네 할아버지는 네 조상, 내 할아버지는 내 조상이다. 보이는 대로 있는 대로 보면 그렇습니다.

자, 그렇지만 여러분. 우리 한번 다른 각도로 좀 재미있게, 그리고 조금만 더 깊게 생각해 볼까요? 왜 우리 선인들은 하고많은 문구 중에 나를 낳으신 부모님의 존호인 아버지, 어머니라는 호칭을 선후대 인척 모두에게 달았을까요. 한번쯤 생각해 보신 분이 계십니까?

○○아버지, ○○○아버지, 누구누구 아버지 등 왜 모든 존칭에 꼭 따라붙었을까요? 과연 왜 그랬을까요? 여기엔 그 무언가 아주 깊은 뜻이 있겠지요. 아니, 있을 것입니다

그럼 이 문제를 풀 수 있는 길은 어디에 있을까요? 멀리 있는 게 아닙니다. 이런 뜻을 풀 수 있는 지혜는 여러분의 머릿속, 가슴속에 있습니다. 바로 모두의 거대한 뇌 회로 속에 저 심 깊은 마음의 바다에 저장되어 있는 것입니다. 다만 여러분이 찾지 않을 뿐이지요. 우리가 그 코인을 찾아내어 서로 분석하고 비교할 때에 그 혜지적 의미에 한 발 더 다가설 수 있을 것입니다.

자, 그러면 전언들의 각 어원 머리들을 떼어내 봅시다. 무슨 말이 됩니까? '아버지, 아버지, 아버지' 그렇지요, 모두가 아버지입니다.

다 소중하고 소중한 내 아버지인 것입니다. 음양이 있어 조화되고 상하가 있고, 뒤가 있어 앞이 있고, 동이 있으면 정이 있듯이 무(무극)에서 유(태극)의 생성을 뜻하며 천지인(부모자)을 뜻하는 것입니다.

결국 하늘은 여럿일 수가 없고 그렇기 때문에 모두를 하나(아버지)로 표현하여 놓으니 대대로 올라가도 가지 식구 늘어나도 각성바지 사람들일지라도 하나의 아버지가 되는 것입니다.

내가 사람 몸 되고 보니 하늘(상천부)이 하나요, 지천(땅모)이 하나인데 각성바지 인물들이 번성하여 무수히 늘어간다 한들 어찌 아버지(나를 만드신 분) 분신도 늘어날 수가 있겠습니까.

부와 모(천지)가 통(성)하여서 자가 생하는 법이니 대대로 오르고 대대로 전자전손할지라도 부모는 하나입니다. 그래서 너와 나 우리는 한 부모 한 핏줄을 나눈 한 형제요, 다 같은 천자이니 어찌 각성바지라고 갈가리 흩어질 수 있겠습니까.

우리는 무극에서 태극으로, 태극에서 삼태극(1=2=3)으로 새로운 하나가 된 것입니다. 이렇게 하나(천)로부터의 시작이 여러분이나 나라는 삼이 된 것이요, 몇천만 몇천만 명의 숫자 놀음이 마음을 열고 혜안으로 바라본다면 큰 하나요, 큰 둘이요, 큰 셋으로 보이는 것이요, 우리 모두는 개개인이 큰 하나에 속한 일부임을 아실 수 있을 것입니다.

하므로 이런 큰 하나인 우리의 위로는 네 부모, 네 조상, 내 부모, 내 조상의 분별 지어짐이 없는 것이요, 아래로는 네 자손, 내 자손의 분별 지어짐 없는 한 자손이 되는 것이라 하겠습니다.

이렇게 볼 때 여러분이나 나의 인맥은 누구는 셀 수 없이 많다, 누구는 너무 없다가 아닙니다. 누구를 막론하고 잘났네, 못났네 등을 떠나서 오로지 둘일 뿐입니다. 위로는 조상이요, 아래로는 후손이지요. 그리하여 전과 후 둘인 것입니다.

자, 그렇다면 우리가 조상을 배격하고 자손을 외면하고 나만의(아상 아승아집) 하나로만 살 것인가요? 그렇게 살면 어찌 될까요? 불을 보듯 뻔합니다. 우리의 생은 도태되는 것입니다.

그럼 어찌 해야 되는가요? 두말할 필요 없이 앞을 향하여 정진해야 합니다. 우리의 선조들처럼 각고의 노력과 무한한 연구개발을 통하여 실패를 거울삼고, 오도를 바로잡고, 잘못 해석·전달된 전언 및 전법들은 바로잡고 갈고닦아서 새로운 하나인 우리의 후손에게 물려주어야 할 사명이 우리에게 있는 것입니다.

하나님(ㅣ)님과 하느님(ㅡ)이 만나서 극과 극(아타)이 만나서 둘이 될 적에 따로따로 놀지 않고 하나로 뭉치고 조화를 이루어서 새로운 하나인 내가 생겨났듯이, 나 또한 하나로 놀지 않고 세계, 겨레, 민족, 이웃, 가족이라는 하나로 뭉치고 뭉치면 이 하나의 테두리는 무한히 늘어나며 인물의 세계는 34567로 무한생성 발달해 번져나니, 이는 만물에 모두 통용되는 진리인 것입니다.

세상 만물지중 우리 인간만이 천지의 기운을 온전히 받아서 사고의 능력과 감정이 있으며, 영혼을 인식하고, 만물을 공유하며 지배하고, 묘리를 터득하고 개발하여 무한한 실익을 취득하며 살아가고 있으나, 자칫 아승심적 이기에 빠져 오직 자기만을 생각하는 극단에 취해서 스스로의 심마에 의한 지옥의 아비규환을 이루어 애초부터 우리 곁에 항시 존재하는 천국이나 극락국을 보지 못함이니 이 어찌 통한스럽지 않다 하겠습니까.

여러분, 우리들 주변의 유물질 세상과 비물질 세상을 한번 보십시다. 물질의 세계 즉, 우리가 보고 만지며 느끼고 관할 수 있는 이 세상에는 그 얼마나 많은 생명체가 있습니까? 작은 것부터 큰 것까지, 나무에서 잡초까지, 동식물, 어패류, 각종 미생물 등 땅속이나 물속까지 이루 헤아릴 수 없이 많지요.

한데 그 많은 생명체 속에 오로지 단 하나, 우리들만이 인간이라는 탈을 쓰고서 네 물건, 네 땅, 내 땅, 네 족, 내 족 하며 갈리고 짓밟고 시기하고 값어치를 따지며 웃기고 울리고 합니다. 물질의 소중함을 존재적 가치의 소중함을 오로지 재물·명예라는 이기에 의하여 정합니다.

이는 무엇을 뜻하는 것일까요? 이는 바로 극과 극 아타의 조화가 아닌 편중에 의한 부작용이지요. 혜안으로 크게 보지 못하고 육안으로 작게 봄으로서 우선 보이는 눈앞의 이익에만 집착하니 혜안의 가림이요, 순리를 역행하며 파멸의 수렁으로 점점 빠져 들어감이니 우리는 하루속히 깨달아야 합니다. 비물질의 세계를!

비록 당장 코앞의 가치가 보이지 않을지라도 우리가 항시 느끼고 향유하는 진정한 에너지요, 누구나 편파 없이 모두 다 똑같이 공유하면서도 그 가치를 못 느끼는 비물질(천리, 지리, 혜식인의 예지)의 진정한 값어치를 그 가치의 공덕은 너무도 광대하여 감히 값으로 환산할 수 없다는 것을 하루라도 더 빨리 깨달아서 진정 소중함이란 걸 알고 심안혜안이 열릴 때에만 이화세계가 이루어지는 것입니다.

이화세계란 무엇입니까? 한마디로 천국이요, 극락이요, 반야바라밀의 무한 불국토인 것이니, 조화로운 세상 우리가 염원하고 갈구하는 것이라 이겁니다.

하면은 우리가 이 불국토의 세상에 나아가기 위한 초발심도는 무엇일까요?

그것은 벙어리가 봉사를 인도하는 것이요, 어른을 공경하고 자손을 보살피고 조상을 바로 찾고 부모를 중히 하고, 헐벗은 이에게는 의복을, 배고픈 이에겐 빵 한 조각의 나눔 등이나니 인의예지를 이행코자 갈고닦으며 서로의 입장을 고려하는 이해와 용서와 화합, 화해의 인격을 기르는 게 우리가 바로 서고 내후세가 바르게 보고 배우는 것입니다.

음지에서 꽃피우고 양지에서 노래하며 자비심의 간결한 이치 속에서 나를 찾고 선심을 찾아 나아갈 때가 오래오래 영원히 살고 싶은 이화세계요, 불국토로 나아가는 힘찬 행보인 것입니다.

소리란 혼의 울림이자 상이다

소리의 영역은 무한하며, 그 소리의 의미이며, 변화무쌍한 모습들이며, 여러 방편의 행위 내지는 행음으로 어찌 다 말이나 글로써 표현하고 나열할 수 있겠는가. 하여 그중의 한 방편인 사물을 들어 논하고자 한다. 왜냐하면 이 사물가락 소리 행위는 대체로 서민 애환의 삶이 서리고, 대중적 이미지와 기쁨과 슬픔, 괴로움과 즐거움, 화합·조화와 반목의 폐해를 대체로 잘 나타낸다고 보기 때문이다.

사물이란 북, 꽹과리, 징, 장구를 머리로 둔 4가지 악기를 뜻하며, 각 머리를 필두로 각종 악가무를 하여 변화무쌍한 소리(율려)의 세계를 연다.

그럼 왜 하고많은 '악가무'의 여러 방편의 가지들 중 부득 사물이라 지칭하며 유독 이 네 가지 악기(북, 장구, 징, 꽹과리)가 많이 알려지고 애용되는가.

이는 정신적 세계에 관하여 분석해 본다면 대략 그 의미를 얻을 것이다. 즉, 이 소리의 어울림 율려에는 '선, 악, 청, 탁, 후, 박'이 배제된 빈부귀천이 없는 평등 존중의 진정한 어울림이 나고, 평애 사상이 우러나는 우리 고유 민족의 대중적 혼의 울림이자 상이 표출되기 때문이며, 아타의 분별없는 평신애심의 흥이 우러나기 때문이다.

또한 우리 한민족의 선조 조상들의 신앙적 정신관이 폭넓게 조성·활성되어 그 혼이 가미되어 녹아들어 있으니 그 면면을 볼라치면 옛적부터 우리 조상님들이 길흉화복을 기원하며 경애와 감사의 대상에 신성한 정성심을 발하였으며, 모든 대자연의 조화와 변화·생멸의 현상 속에서 경천, 순천, 경조, 애인의 순수한 정신으로서 보다 나은 삶의 지혜와 공동의식 합심동락의 지혜를 배우고 그 모든 현상과 대상물에 신명(작위, 요식, 재)을 발하고 각위 '요식재'에 경애와 참배 참회와 수양 속에 생로병사 고해를 해소하고 심신 안락의 복과 부를 기원하며 살아오셨던 것이다.

즉, 옛 문헌에도 있듯이 인이 나고 신이 난 것이라 할 수도 있으니 그 정신세계의 무상무하 최고 반열에 '천, 지, 인'의 삼신명이 있다.

모든 만물은 이 삼신의 순역 조화에 의하여 그 길흉 내지 생장소병몰에 임한다고 믿었던 것이며, 그 조화의 표상을 갈무리하고 나타냄을 소리와 행위로써 표현해낼 제 사물이 애용되었다.

그 표상이 오늘날 사물놀이, 사물가락 등으로 귀착되어 희로애락의 '악가무' 풍류 가락이 되었으니 소리로써 감정의 기복을 일으키는 우리의 사물가락에 어찌 조상의 지혜와 공덕을 감사하지 않을 수가 있겠는가!

옛적 쓰임은 무언가의 소식을 전하기도 하고 흩어져 있는 여러 사람을 모으며 화급과 기쁨과 단결 내지는 행사에 쓰이며 활용하기 위해 만들어졌다. 그러다 누대에 걸쳐 내려오며 여러 선현들에 의하여 수많은 음률과 노래와 춤이 곁들여져서 오늘날에 이르렀다. 그러나 소리와 행위의 향기에 젖어 운우지락만 꾀할 뿐, 조화와 화합에서 우러나는 저 깊고도 그윽한 성심의 향을 음미할 줄 모르고 미명에 빠져 헤매는 많은 사람들이 있어 심히 안타깝다.

대저 사물은 자연의 조화를 표상하는 방편으로 오늘에 이르렀으며 조화의 현상들을 소리로써 표현해내는 최고의 산물인 것이다. 왜냐하면 그 조화 음률 속에는 순역에 의한 희비와 재복, 협동단결, 유무한 발전, 활심신정의 만고 이치가 내포되어 있는 것이기 때문이다.

고로 우리는 무조건 좋다 하고 두드릴 것만이 아니라 '조화를 부리니 좋다, 이러저러해서 좋다' 하며 각 하나하나의 악기가 내포하고 있는 뜻과 장단점을 연구하며 활용하다 보면 여러 방편의 이득과 보다 나은 활용도 및 음률들을 정의하여 후손 대대로 물려줄 유무형의 가장 값진 유산이 되리라 본다.

사물이란 우선 북, 장고, 징, 꽹과리 이 네 가지를 지칭하나 조금만 깊이 생각해보면 사물이란 모든 유무형의 대상들을 지칭함을 알 수 있다. 예를 들면 '모든 사물이 선명하다', '사물이 흐리게 보인다', '사물

관찰력이 뛰어나다', '모든 사물이 대상이 아니다' 등 우리 주변에서 흔히 모든 물체의 유무형의 형상을 논하거나 지칭할 때 '사물'이란 표현을 자주 쓴다.

이렇듯 모든 대상에 사용되는 사물을 '왜 굳이 이 네 가지의 악기에다 대입하고 애용했을까?' 하고 한 번쯤 생각해본 사람이 얼마나 될까? 누구라도 한 번쯤 관하여 보길 바란다.

우리들의 소리예술, 행위예술, 유·무형의 모든 예술행위는 어떠한 대상물의 조화현상, 의미를 유·무형의 행위로 표현한 것이다. 즉, 씨앗 없는 열매는 있을 수 없는 것이다.

고로 이 씨앗과 열매의 이치를 사부대중에게 널리 일깨우고 활심정명의 천인지도법, 이화세홍익인의 활생 지표로 삼으며 이 네 가지 악기가 화합하고 조율함으로써 모든 자연조화 현상을 가장 재미있고도 신명나며 쉽고도 흥겹게 표현할 수 있다. 그러므로 폭넓은 대중적 지지와 응집력이 돋보이기 때문이라 본다.

하여 꽹과리는 천금이라 하늘을 뜻하니 풍운우뢰의 만조화를 표현하고, 징은 수화라 폭발하듯 거침없이 퍼져가는 그 소리는 화산이 폭발같이, 폭포의 낙수같이, 거친 파도의 부딪힘같이 그 중후한 소리는 심금을 울린다.

북은 대지를 뜻하니 땅의 든든한 바탕과 돌, 나무와 같이 때로는 우직하게 때로는 강렬하게 때론 지진이 일듯 울리며 우리의 장기를 떨어 올린다.

'천, 지, 인'이라. 장구는 하늘과 땅의 합이요, 그 중간에 사람이 있으니 삼합을 의미하는바 사람과 동체되었을 때 한편은 천음의 조화를 또 한편은 지음의 조화를 일궈낸다. 천, 지, 인의 조화에 의하여 '성, 색, 추, 미, 음, 고, 저'의 음률로써 뭇사람들의 심신과 오장육부를 흔들며 영혼의 희비를 가른다.

허나 사물의 조율 음을 탈착함은 인간의 힘과 노력에 달렸으니 어느 정도의 정신력과 심적·육체적 노력이 따를 것인가에 그 활용 가치의 넓고 좁음이 정해진다. 각고의 정성과 노력이 필요한 것이며 정성심에 필한 대가가 따르는 것이지, 누군가가 그저 주거나 하늘에서 뚝 떨어지는 것이 아니다.

이와 같이 모든 현상을 가치관적인 예술 행위나 영욕적인 사고방식으로 접한다면 당신의 인생과 자아에는 무득필일 것이요, 관념적이거나 추상적이 아닌 현실적이요, 상학적인 관점으로 접근한다면 유득성할 것이다.

도원 도리가 만발하고 그와 같은 화림처엔 벌 나비가 잦아들어 심신이 활성이요, 따라서 육신이 강건해지니 아타에 이로운 홍익인이요, 사물 조율의 본질인 인물 조율의 풍류도를 깨우칠 것이다.

다시 또 논하나니 사물, 사물놀이 등을 얕게 보지 말고 깊이 보아 관조하고 즐기다 보면 '아하! 이게 우리의 조상님이 우리에게 내려주신 큰 얼이요. 값진 유산이구나!', '사물이 인물이고 사물놀이가 인유 놀이구나!', '이 조율 음이 우리의 생활사 불무 유협화음이구나!', '천지인의로 통하고 너와 나 우리가 통하는 법이 스며들어 있구나!' 등을 깨달아서 너와 내가 어울리니 화합할 수 있다.

'얼씨구절씨구 지화자 좋구나 좋다. 그리하여 우리 생활에 활용하니 좋구나. 이 얼 쓰고 저 얼 쓰고 지화자 좋구나 좋다.' 하며 춤추고 노래하는 풍류도에 들어가 노닐 것이다!

참나

사람마다 나름대로 자기 멋에 살건마는

멋이야 있든 없든 사람이라 하는 이 몸은

언젠가는 한 줌 재가 되어 천공 중에 흩어지리니

묻노라 주인공아 어느 것이 참나이던가

나의 제자에게

당신은 무엇을 알고 싶으며 무엇을 배우고자 나를 찾고 나와 인연 맺어졌습니까? 우리 함께 의, 예, 공, 사를 냉철히 관조하며 열심히 기도하고 절실히 매달려 보십시다!

나는 당신보다 조금 앞서다 보니 선생이지만 엄밀히 말한다면 당신과 동등한 관계의 도우요, 도반일 뿐 당신의 진정한 스승은 천지신명, 천지신령이요, 대우주(한 세계, 여래불) 세계의 유, 무, 현, 허, 환, 음, 색, 성, 향, 진, 망 등의 대자연계 생장유멸의 이치가 영혼백 구족의 영원한 스승이요, 빛과 어둠, 물과 소금인 것입니다.

또한 여러분은 이 진여래 부처님의 제자가 되기 위하여, 부처님의 인정(성불)을 받기 위하여 저렇게 이렇게 노심초사하시는 것이 아닙니까?

'유중, 이여 천은 무형질하며 무단예하고 무상하사방하고 허허공공

하나 무불용, 무부재하나니라!'

그렇지요. 내가 있는 곳, 내가 가는 곳, 내가 거하는 곳, 항시 뜻이 있는 곳엔 어김없이 두루두루 꽉 차서 나를 관조하고 내게 과보를 내리고 계시나니, '성기원도하면 절친견이니 자성구자하라 강재이뇌시니라' 혹은 '약이색견아 커나 이음성구아 하면 시인행사도라 불능견여래이리라' 하나니 어느 곳을 찾아다니며 누구에게 매달리고 그 누가 불성을 내려주고 성불을 받아주며 도를 구해준단 말입니까?

진리는 바로 당신 스스로 당신 속에서 찾아내야 하는 것입니다.

진망의 알껍데기를 스스로 깨고 나오는 일이 낙타가 바늘구멍 통과하기보다 어렵다 할지라도 무던히 노력하여 스스로 깨어 나올 제 당신은 봉황이 되고 붕새가 될 수 있는 것이지, 틀 안에 안주하며 안일하게 소일한다면 누군가의 손길로써 껍데기가 깨어진다 하여도 기껏해야 반숙이요, 프라이가 다일 것이며, 그도 받지 못한다면 껍질 속에 갇혀 곪아버릴 것이니 누구를 원망하리요. 자신불성 놓아놓고 자심불성 허수하고, 평생을 싸고 지고 산천초목 승, 속, 도, 인을 찾아 다녀봐야 흑 싸리 껍데기요, 남는 것은 후회와 원망뿐입니다.

아니, 종국엔 육신의 병폐와 절망의 나락에 빠져 근본적 취지와는 달리 폐인이 되어 노후엔 죽지도 살지도 못하는 참담한 결과를 초래하며 결국 또 하나의 무지와 서러움의 거리노중 행자나 잡인, 중생이 양산되는 것입니다.

당신의 인생 당신의 임무나 책임은 당신 스스로 져야 합니다. 그 누구도 대신할 수 없지요. 따라서 당신의 공부는 스스로 떠안고서 해결해 나아가야 하는 것입니다.

하면 나는 누구인가? 나는 무엇인가? 한번 짚고 보아야겠지요.

제가 앞서 하늘에 대하여 언급하였지요? 그렇습니다. 나 또한 하늘의 일부요, 당신 또한 하늘입니다. 다만 한 조각의 하늘(대자연)이기에 대천, 대순, 참진의 조화를 꾀하기 위하여 필연 내지는 우연으로 만난 것입니다.

당신에게 있어서는 내가, 내게 있어서는 당신이 선생이요, 스승인 것입니다. 다만 당신이 필요로 하는 부분에 있어서 내가 조금 앞서가다 보니 인의선생 종자선생으로서 당신의 갈증을 다소나마 해소시키고 씨앗을 나눠주길 바라는 마음으로 당신이 정당한 보수를 주며 고용한 직분자이자 과외지도 선생인 것입니다.

따라서 당신이 제게 초중등 이외 여러 기초 지식을 습득하여서 더욱 조화롭고 질 높은 학과 및 당신의 영혼을 갈무리하는 초석을 다지기 위한 즉, 당신의 지, 덕을 쌓기 위한 수순과정인 셈입니다.

따라서 나는 내가 알고 있는 지식이나, 보고, 듣고, 겪고, 찾으며 지나온 행, 용, 관의 느낌과 습득의 여하에 따라 본인 능력의 한도 내의 최선을 다할 것입니다.

하니 당신은 당신 나름대로 사력을 다하여 용맹정진하시어서 저널은 세계로 나아가서 사위팔방에 이름나고 재명이 난다면 나의 소임에 대한 자긍심으로서 그 어떠한 물질적 가치보다 더 큰 서로 간의 기쁨이 될 것입니다.

나에게서 얻고 들은 게 당신의 공부에 지대한 영향과 밑거름이 되었다면 당신 또한 저를 영원히 기억하실 것 아닙니까? 또한 당신과 내가 마음이 맞고 뜻이 맞아 서로서로 합심하고 조율하여 더 넓고 더 밝은 부처님의 세계를 갈고닦으며 세상에 등불을 밝히고 법향을 피워 많은 중생과 더불어 공생발전을 꾀한다면 이보다 더 큰 공덕이 또 어디에 있겠습니까!

다시 한 번 주지할 것은 당신의 삶과 질은 당신의 마음속에 있고 당신의 하늘과 당신의 불성은 당신의 머릿골 속에 있지, 절대적으로 내가 내려다, 끌어다, 모셔다, 잡아다 주는 법이 아닙니다.

천상의 분체, 부처님의 가족, 삼보의 제자, 보살이냐, 무당이냐, 법사냐, 중생이냐는 바로 당신의 수행심 속에 있지, 그 누가 만들어주는 게 아닙니다. 나는 다만 당신이 가시는 길에 동반자로서, 도우로서 서로 간 상부상조하는 관계이며, 벌 나비와 꽃의 사이와 같은 것이지요.

고로 '오는 인연 막지 말고 가는 인연 잡지 마라'는 진언을 항시 유념·주지·상기하며 어느 상황이라도 요요한 마음을 각성키 위하여 항시 노력하는 것, 당신도 이 점을 항시 주지하십시오.

서로 간에 득이 있어야 되고 서로가 좋아야 관계가 유지되는 것이지, 서로가 나쁘거나 어느 한쪽이 덕을 보거나 손해를 본다면 즉, 저울추가 기울어진다면 이는 관계의 존속이 무의미하며 무덕·유해한 것이니 바로 재정립을 하여야 합니다. 허망의 씨앗을 키우기 위해 고군분투

말고 과감히 도태시킴도 주지해야 합니다.

이는 천부경전의 '시작에서 끝을 제거하고 끝에서 시작을 제거한다' 는 뜻에도 부합된다고 보며, 이는 곧 나방이 불빛을 버리고 태백산 천재단의 강태공이 낚싯대를 분질러 버림과 같다 하겠습니다.

'내게 있을 때 네 것이요, 네게 있을 때 네 것이다.' '있음은 보이지 않고 없음은 잘도 보인다.' '이 세상에 내 것은 하나도 없는데 갖고 싶고 쓰고 싶고 보이는 건 너무도 많다.'

당신은 어찌 생각하십니까. 이 전언을 참의로 소중히 알고 정심관조 하신다면 지대한 심득을 얻으리니 함께 탐구하십시다.

너와 내가 나고 살아가는 이 세상에 우리 것은 아무것도 없습니다. 당신 것이나 나의 것이 있다면 오직 하나 '자아 본성' 인데 이나마도 저 끝도 없는 무저갱의 암흑 속에 묻혀있어 찾지를 못하고 갈팡질팡 헤매니 어이 한심하지 않으리오.

이제 우리 인연 닿아 내 물건 찾자 하니 그 방편 그 길이 어디였던가! 이제라도 부처님 말씀 되새기고 둘러보니 내게 다 있음을 깨우칠 수 있을 것입니다.

대 스승을 통해야만 찾을 수 있고 그 대 스승이 자신이라는 것을 느끼실 것입니다. 내가 하늘이요, 땅이요, 사람이요, 무량불성이라는 것을 이제야 어렴풋이나마 자각하심만 하여도 심히 성불했다 하겠습니다.

부처님께선 '만유귀일종이나니' 라 하였으니 분별사량 쓸데없다 하셨습니다. 따라서 유, 불, 선, 도, 의 분별지심은 모두 다 허신이요, 사심이며, '시인행사도'라 허망하나니 다 놓아 버리시고 진법은 서로서로 교류하고 나누면서 내가 곧 일신이요, 한얼이요, 진여불성임을 깨달아야 합니다. 그리하여 너니 내니 분별사량, 분별지심을 다 놓아버리고 천, 지, 인, 여래선, 불성의 바른 제자로서 열심히 갈고닦아서 본래의 내 것을 찾기 위하여 노력에 또 노력하며 다 함께 힘을 합하여 대도를 질타합시다.

천인지심

보이는 것것마다 모두 다 내 것이요

들리는 소리마다 모두 다 내 것이며

누리는 것것마다 모두 다 내 것이요

행하는 것것마다 모두 다 내 것이니

이 어찌 행복하지 아니하고 그 누구를 부러워하며 질책하고 원망할

쏜가

세상만사 만물이 다 내 것이나니 천상천하 제일 갑부가 나로구나

이러히도 제일 부자인 나와 나의 것이 다 네 것이로다

허니 나를 가진 너야말로 진정한 제일 부자라 할 수 있겠구나

한데 어찌 볼 줄을 모르고 알지 못하고 누리지 못하는가

심심이 안타깝고 애달프구나!

생쥐의 관심

'혼미하던 이내 성정 한순간 돌이켜 보니 한 마리 생쥐였더라.'

곡창 안에 있는 쥐는 알곡들로 배 채우고, 땅속을 헤집고 다니는 쥐는 지렁이나 굼벵이 등 고기 맛을 보고, 산야를 헤매는 들쥐는 열매 이삭을 취하며, 시궁창 속의 쥐들도 흘러드는 밥 알갱이와, 어두육미, 조각이라도 섭취하며 한세상 풍미하는데, 오호라! 이내 신세 하고 많은 세속 중에 똥통 속이 웬 말인가!

보이나니 똥물이요, 친구라 찾아보고 지인이라 찾아보고 인간 세속 들려 해도 보이나니 구더기요, 처처 곳곳이 장벽이라 심시 심종 절망과 한심일세. 아, 차라리 저 똥물로 호의호식하는 저 구더기들이 부러워라.

저들은 저 물로 양분을 삼고 저 똥통에서 바탕을 이뤄 양 날개와 다리를 이뤄 저 푸른 하늘로 훨훨 날아오르건만 이 몸은 그저 하릴없이 하늘 보고 땅 보고 탄식만 토해내다 자욱 자욱 사지로만 다가간다.

차라리 이 신세 구더기 몸이라면 이곳이 극락인 것을, 이곳이 오아시스 없는 사막이라도 내게는 무한한 복락인 것을. 구더기만도 못한 생을 잇기 위한 몸부림에 먹지도 못하고 이용도 못하는 똥통 속의 생쥐가 웬 말인가!

세세생생 지은 업장 얼마나 크다기에 여덟 자 방 똥통에서 갈 곳 없이 헤매다 빛이라고 스며드는 중 방의 일곱 치, 스무 치, 각진 하늘 구멍 발견하여 행여나 탈출구 있으려나 작은 눈 부릅뜨고 작은 목 길게 빼고 밤낮없이 올려다보며 갖은 지혜 다 짜내도 허어, 새대가리만도 못한 쥐새끼 머리로 무얼 할 텐가. 천지의 조롱인가, 인간의 야유던가. 시시때때 똥 무더기와 오줌발만 뒤집어쓴다.

지난 세월 돌이켜보니 한심하고 가련하다. 민망하기 그지없다. 한낱 서생으로서 어찌 인생을 탐했던가. 내 어찌 감히 하늘을 우러러 갈구하고 세상사 인정을 논하고 인심을 논했던가. 어찌 선의를 밝히고 불성 신성을 논하고 설하고자 했던가. 생각하고 생각할수록 한심하고 부끄러우며 가소롭기 그지없다. 나는 그저 서생이라 이렇구나, 하고 생각하니 다소나마 변명과 발뺌으로 위안이나마 삼지.

저 만물의 영장이라 자처하는 인간들의 행태를 한번 보자.

내 머리 위에다 갖은 똥오줌을 다 갈기는 것을 보면 너니 내니 할 것 없이 누구나가 할 것 없이 모두 다 뱃속에다 똥 말깨나 품고 있을진대 하나같이 똥 품고 산다는 이는 하나도 없고, 제가 싼 똥 더럽다 하는 이는 하나도 없으면서 남이 방귀만 한 번 뀌면 오만상을 다 찡그리고 구리다, 독하다. 더럽다, 냄새 난다 하며 갖은 입방아를 다 찧는 인간의 속성들 쥐 대가리로는 도저히 모르겠다!

똑같은 행과 논설함에 있어서 자기가 행하면 덕이요, 은혜요, 진리요, 순리요, 선법이요, 장법인데 남이 행하면 배신이요, 타락이요, 사행이며, 악법이요, 역행이라 하며 조화·협동의 공존의식보다 시기와 건투가 앞서는 우월주의 의식의 세속.

나만을 위해주는 사람은 좋은 사람, 다른 사람을 위해주는 사람은 나쁜 사람, 모두를 위하는 사람은 속없는 사람, 남이야 이렇든지 저렇든지 내 알속만 챙기려 드는 사람, 입으로는 온갖 정설을 다 늘어놓고 행은 사행인 사람, 겉포장은 성인군자인데 알갱이를 볼라치면 오간 데 없는 사람, 너니 내니 분별 사량에 치우쳐 서로 물고 뜯고 제 것은 금쪽같이 보옥같이 여기면서 남의 것은 하찮은 개밥에 도토리같이 여기며 비하시키려는 시기심, 질투심, 이기심, 아상타하심 등으로 혼재된 인간 세속!

보면 볼수록 구경하며 접할수록 이내 쥐 대가리는 혼란만 야기되어 터져나가려 하니 어느 누구에게 물어볼꼬. 아, 우매하고 한심한 이놈의 쥐 대가리.

뭇 인간들 쏟아놓는 저 똥 덩어리들을 만반진수로 챙기는 저 구더기들 모양, 지각도 희로애락의 오욕칠정도 모르게 탈바꿈만 될 수 있다면 얼마나 좋을까?

미미한 존재로 치부될망정 내게도 날개가 생긴다면, 내게도 썩은 줄이나마, 실낱같은 끈이나마 내려진다면 이곳을 벗어나기 위한 몸부림을 다시 한 번 하여 볼 텐데.

요리 뱅뱅 조리 뱅뱅 탈출구 없는 똥통 속을 헤매다 이제는 사지육신은 고사하고 심신의 무력감으로 이 생명줄의 이어짐을 하늘 보고 땅 보고 탄식하며 이 밤도 지샌다.

내일이면 어김없이 태양은 뜨련만.

아, 이대로 잠든 후 내일의 일출을 웃으며 맞이할 수만 있다면. 작금의 내겐 다시 올 수 없는 좋은 복락일진대 '꿈이여 너나마 나에게 희망의 메시지를 일러다오' 기원하며 억지로 잠을 청한다.

인아산행

태산준령 높다 한들 인 아산보다 더 높을쏜가

사해바다 넓고도 깊다 한들 인아해보다 더 넓고 깊을쏜가

만리장성 길다 한들 인아행도보다 더 길을쏜가

오악산새 험준커늘 인아산새보다 더 험할쏜가

그 젯날에 올라가서 어젯날에 되돌아오고, 야밤중에 올라가서 새벽녘에 내려오고

오르락내리락 천일 밤낮 뛰고 달려, 천리고봉 만리준령 언뜻 선뜻 올라채고 완주한 줄 알았더니 왜 이다지 허전하고 소란한고

삽살개 짖는 소리 언뜻 깨어 둘러보니 인아산은 아득하고

이승지겁 거친 파도 인아산처 둘러치고

너니 내니 분별사량 사공 없는 돛단배라 방향 잃고 헤맨다

종종걸음 내어 디뎌 인아산정 향해가다

134 · 참나를 찾아서

쟁쟁걸음 뒤로 물려 다시 출발 하여진다

오고 가고 가고 오고, 요리 뱅뱅 조리 뱅뱅, 인아산행 꾀하는 길

구부구부 고갯길에 험산험로 고사하고 산언저리 평지로만 비비 뱅뱅 돌며

산아 산아 인아산아 부르짖고 외쳐 보고 살펴본들, 어느 성현, 어느 조사 이내 행실 이내 고음 보고 들어 인아산정 대신 갈까

세상만사 뜻은 품어 대장부요 열녀인데, 행덕심덕 하나 없다

탐진치 육신공양, 욕망욕심 행을 좇아 동분서주 분주하니 헤매도

본다 하나 장님이요, 듣는다 하나 귀머거리요, 말 잘하는 벙어리인 채로 심산심처 헤매나니

어느 처 어느 시에 조사선문 문을 열고 자성성불 품 안으로 이내 심신 안주하며 들이밀 수 있을까나

하고 많은 말들이야 한마음 열고 보면 찰나지간이라지만

아무리 둘러보아도 마음 문은 보이지 않고 오리무중이라

아득한 저 지평선이 차라리 보다 더 가까운 코앞의 문지방이로다!

상생의 도리

세간 세속에 돌고 도는 만법과 만행 중에 상생의 도리가 최고라 하며 너도나도 부르짖고 떠들어대며 강조한다.

조화 상생의 세상이란 상대성 원리, 상호 간의 연결고리, 상하좌우, 고저평등, 음양오행, 암수명암, 흑백과 낮과 밤 등 양면의 세계 및 물물이 상생과 상극으로서 조합하여 나고 자라고 늙고 병들고 죽는 질고와 환희를 구가하며 돌고 도는 과정에서 서로서로 보완하고 도움이 되며 공생함을 일컫는다.

하여 원만한 화합으로 인하여 서로 간의 배려와 친화 속에 이 세상은 윤회와 순환 속의 굴레 속에서 없는 것이 생겨나고 있는 것이 소멸되기도 하며 온갖 조화 속에 자연스럽게 돌고 도는 것이다.

이러한 세상의 윤회 속에서 사람과 사람 간에 사람과 만물 간에 만물 중의 물물 간에 서로 이기적이고 배척하면 질고와 퇴보를, 존중과 상호 보완의 공생을 하면 행복한 기쁨과 세속의 발전을 이룬다고 역설하며 우리들은 너나 할 것 없이 보다 나은 생활을 가꾸기 위하여 배우고 싸우며 노력하는 것이다.

즉, 상생 공생이라는 말은 일말의 의구심도 없이 서로에게 좋은 것으로만 각인되어 너도 나도 설치고 떠들어댄다.

또한 종교계의 지도자들이나 국가 기관 단체의 지도인격인 사람들이 누구라 할 것 없이 이러한 상생의 법도를 중용의 지도학적 철학으로 삼아 너도 나도 부르짖으니 세간의 중생들이 어찌 모를쏜가.

너도 나도 상생의 도리, 상생의 도의, 상생의 법칙 하고 떠들어댄다. 하지만 세속을 들여다보면 이는 한낱 말장난에 불과하고 정작 상생을 강조하는 그 당사자는 오히려 너니 내니, 네 것 내 것, 잘났다 못났다, 좋다 나쁘다 등 아상의 분별지심을 더욱더 드러내니 이 어찌 상생의 발로라 하겠는가.

이는 결국 자신의 위치나 신분 알량한 지식을 앞세워서 교만·방종·아집·아상을 내세우며 말장난으로써 혹세무민하며 재물과 명리나 탐하고자 하는 게 아니고 무엇이겠는가.

따라서 우리는 이제부터라도 허울만 쫓아다니며 현혹되고 휘둘리지말고 바로 보고 바로 듣는 자각심을 발전시켜 자신의 선심을 키우는 것에 힘을 쏟아야 할 것이다. 이러한 노력이 진정한 상생의 이치 씨앗이 되기 때문이다.

자, 우리가 사는 세상 속을 한번 보자.

이 세상이라는 것은 상호 연줄, 상대성 원리, 음양조화, 인인, 인물, 물물 간에 상호 인연의 연줄로 맺어져서 끊으려고 해도 끊을 수 없는 연줄에 묶여서 살아가는 것이다.

따라서 어느 한쪽만 고집할 게 아니라 선덕 선심으로써 상호 간에 존중하며 모자람은 채우고 넘침은 덜어낼 제 진정한 환희와 행복의 발전이 있지 않겠는가.

하니 우리는 상생의 도를 펼치고자 한다면 상극의 도리 중에서 일어나는 부정적인 면만을 설하기에 앞서서 긍정적인 면들도 많이 탐구하고, 상생의 도리 중에 긍정적인 부분만 강조하기에 앞서서 도리어 상생과 공생을 저해하는 이치를 더 중히 여기고 살피고 다듬어서 널리 선행해야 한다.

상극과 상생을 적당히 조율하여 세간사 중생심을 밝힌다면 바로 이곳에서 존중과 배려와 인정과 나눔의 미덕의 선심이 생겨나는 것이요, 그리하면 선덕심이 우러나서 진정으로 이웃 간에 애정이 싹트고 신의와 조화가 어우러지며 살기 좋은 세상, 밝고 밝은 세상이 도래하는 것이다.

묘할레라, 심성가지

그것 참 묘할레라

임 찾아 천리만리 이역타국 헤맸건만

묘연하다 임의 자취

찾을 길이 바이없어 지친 몸 쉬어가자

잡초 밭에 누웠더니만

묘한 가지 뿌리내려

천만 종자 일궈낸다

우쭐우쭐 상천가지

한 가지 끝 바라보니 도사선인 미소 짓고

또 한 가지 쳐다보니 예수가 설법하네

꿈이런가 몽사런가

눈 비비고 살피자니

앞뒤로 부모형제 좌우로는 친구벗님

나를 보고 손짓한다

일념만념 천만념

일법만법 천만법

천만념법 일념법이라

정사도리 선악지성

분별 내던 이내 자성

심대히도 창피스러워라

심즉불 심즉성

심즉불 심즉성이라, 지금 이 순간엔 과거도 없고 미래도 없다.

오직 현재의 이 순간에 내가 있으니 네가 있고 삼라만상의 생멸 조화가 있으며 그 조화력에 내가 일조하는 것이다.

과거란 나의 주식이 되어 이미 다 소화가 되었고 미래라 하는 것은 나의 심식이 되어서 현재 나의 주린 배를 채웠다.

하면 과거도 없다 미래도 없다 하니 어찌할 것인가. 그러나 의아해 하며 불안 내지는 의심하며 허둥거릴 필요가 없다.

없는 과거 부여잡고 아직 오지도 않은 미래를 걱정하며 허송세월 하지 말고 현재의 매 순간 당면한 과제에 최선을 다하라.

과거를 요리해보니 맛도 없고 영양가도 없었거든 지금의 매 순간을 맛있고도 영양가 높게 지으면 될 것이요, 맛도 좋고 영양가 높은 양식을 많이 준비한다면 어찌 미래를 걱정하리요. 과거심도 미래심도 부질

없는 것, 오직 현재의 매 순간이 중요하나니 매사에 최선을 다하라.

이러이러함을 능히 알아 일상생활의 지표로 삼고 행하는 이를 일컬어 심즉불 심즉성인이라 하느니라.

소리의 에너지

우리는 소리(음파)의 종류 및 그 파장의 영향력을 어느 정도나 알며 어느 정도나 득과 실의 현상 및 그 진의의 허와 실을 관조하고 또한 얼마만큼의 혜택을 누리며 좋은 쪽 내지는 좋지 않은 쪽으로 개발·사용하고 있을까요?

빛깔도 없고 형체도 없고 맛과 향기도 없는 소리. 무색무취하여 볼 수도 만질 수도 없지만 엄연히 존재하며 우주만물의 조화 생멸을 나타내고, 우리 인간과 동식물 등 만물의 생장소병멸고를 나타내며, 때로는 기쁨과 환희의 즐거움을 표현하고, 때로는 절망과 공포와 성냄과 슬픔을 토해내는 소리의 세계.

그 종류 수를 나열하자면 어느 누가 있어서 감히 숫자 매김을 할 수 있을까요?

그저 우리가 자각할 수 있는 소리, 우리가 자각할 수 없는 소리 등을 크게 나눠서 놓고 보면 +알파요, −알파(음, 양)이며, 목, 화, 토, 금, 수의 오행파(건, 열, 중, 강, 유한 소리) 등 크게 일곱으로 나뉘며 타협과 견제에 의한 무한 상생상극의 조화 음이 있습니다.

이들 소리의 파장기를 우리가 자각하고 논할 수 있는 한계를 본다면 그저 우리의 이목구비(인간적 잣대)로 관하며 설하고 분류하며 판단 내지 행사할 수 있는 정도지요.

그럼 우리의 주변에서 우리의 응용에 관여되는 대표적인 것에는 어떠한 것들이 있을까요?

아타가 가장 듣기 좋고 생기가 나며 심신의 안정과 때로는 희열이 돋아나는 소리, 삶을 느끼고 각종 스트레스 및 짜증을 해소시켜 너와 내가 모두 새로운 희망과 용기로 의욕이 생기며 '성, 명, 정'이 활성화되어 건강한 삶을 이룰 수 있는 소리.

이 소리의 영역에서 가장 중요시되고 소중한 것은 인간의 소리입니다. 진심에서 우러나는 칭찬, 위로, 배려, 가르침, 나무람, 달램, 이끎 등의 어음으로써 서로의 삶에 질적 향상을 꾀할 수도 있고, 망어, 기어, 악어, 탐어, 이간, 양설 등의 어음으로써 우리의 삶을 황폐화시킬 수도 있음이니 어찌 아니 소중하다 하겠습니까!

또한 우리의 성정이 생성되면서 가장 먼저 접하는 게 모태의 소리요, 이는 생명 박동의 소리로서 물(체액)이 흐르는 소리, 장기의 움직이는 소리, 혈류의 흐르는 소리, 공기의 나고 드는 소리, 심장의 박동 소리, 사람과 사람의 대화 소리, 각종 물물 소리 등 이와 같이 인간의 소리를 가장 먼저 접하게 되는 것이지요.

그러므로 또한 인생의 '심, 기, 신'을 이루는 데도 귀중한 분수령이 되는 것입니다. 왜냐하면 이 시기에 인생의 혼과 정신이 깃들고 여물기 때문이며 우리 인간들이 최초로 접하고 최후까지 유용하는 것이기 때문입니다.

즉, 다시 설하면 우리네 인간들은 모태에 생성되어 열 달 동안 있을 때나, 가슴에 매달려 이삼 년, 등에 매달려 이삼 년 등 이 시기에 소리들의 영향을 가장 많이 받으며 또한 그 소리의 환경 속에서 그 사람의 성정이나 언어, 사고의 질 등이 형성되기 때문이죠.

맑고 밝은 소리를 접한 사람은 맑고 밝은 사고와 성정을, 흐리고 탁한 소리를 접한 사람은 흐린 성정으로 밝거나 암울한 삶을 행하게 되는 것입니다.

따라서 우리들은 주위의 누구에게든 이러한 실익의 소리 현상들을 인지시켜 한 사람이라도 더 깨우쳐서 맑고 밝은 소리들을 온 누리에 펼칠 수 있도록 서원을 세우고 열성으로 운용해야 합니다. 우리들의 나날이 맑고 밝아져서 행복해질지니 고군분투 노력하여야 합니다.

대저 나를 밝히고 너를 밝히는 데 있어서 인의 소리는 기본이요, 천인지 도리의 밝힘에는 천지만물의 소리가 있으니 이 천지 간의 도리와 이치를 나투는 소리는 이루 표현할 수 없이 무수합니다.

풍운, 우레의 소리, 나무와 새들, 동물과 식물들의 소리, 폭발, 폭음, 각종 기기들의 기고 돌고 나는 소리, 깨고 부수고 만드는 소리, 우리가 어울려가며 공포와 기쁨과 슬픔과 성냄과 탐냄과 시비와 용서 등 희비가 엇갈리는 소리.

현 세상은 불협화음의 사행성 환경에 의하여 심신에 많은 스트레스를 받음으로써 민물은 각종 부소화로 인한 문제점들을 야기하며 사람 역시나 심인성 내지 신경성 질환에 시달리게 되지요. 또한 각종 성취적 조화 음에 의하여 희열과 성취, 애욕의 기쁨에 젖기도 합니다.

여하튼 실, 득, 의 어느 쪽으로든 우리의 삶에 지대한 영향을 끼치며 수많은 조화를 불러일으키는 건 사실이지요.

그렇다면 이러히 다양한 소리들을 어떻게 받아들일 것인가, 또한 어떠한 방법으로 나의 삶에 활용할 것인가에 우리의 행복과 불행이 걸렸으니 이를 득음득관하여 중용할 수 있는 방법을 알아야 할 텐데, 어찌하여야 할까 고민할 필요가 없습니다. 의외로 아주 가까이 있습니다.

그게 무엇이냐 하면 바로 칠성(이, 목, 구, 비, 심, 동, 정)을 다스리는 데에 따라서 좌우된다 하겠습니다.

칠행을 밝게 하면 건강과 즐거움이요, 칠행을 흐리게 하면 우환 질병이요, 고락에 매인 슬픔과 괴로움이나니 이 시대적 소음공해 속에서 우리는 어느 쪽을 지향하고 응용의 묘를 창출해 내야 하겠습니까? 바로 듣고, 바로 보고, 바로 말하며, 바로 향음을 취할 때에 그 해답은 나올 것입니다.

그럼 이제 이와 같이 무한한 소리의 세계에서 실질적으로 우리의 생활에 있어서 활심정명의 조리 중 그 한 방편을 설해봅시다.

우리 삶의 가장 가까운 영역 안에서 '활, 심기신'에 영향력을 행사하는 소리의 세계, 그 세계를 굳이 한번 크게 나눠 보자니 첫째, 인간 소리요, 둘째, 천지만물 소리며, 셋째는 천, 인, 지 음이라 하겠습니다.

순번을 매긴다 해서 모든 소리의 세계가 이 안에 국한되고 순행에 따른다는 것이 아닙니다. 우리에게 가장 가까이 영향력을 끼치는 소리의 기본이 되는가에 비중을 두자니 편의상 분류를 한 것입니다.

크게 셋으로 나누자니 첫 번째가 사람의 소리요, 두 번째가 천지만물의 소리이며, 세 번째가 천인지 삼합의 소리로서 표현하자는 것이지, 이 순번에 경중의 갑을 논할 수는 없습니다.

자 그럼 이 세 가지 소리는 무엇이냐. 바로 천지간 만물의 어울림의 소리요, 대지의 소리이며 인물의 소리 즉, 삼 세계의 소리이며 우리 인간들이나 뭇 생명체들이 자각하고 접하기도 하며 희로애락을 향유하는 매개체인 것입니다.

모든 자연현상 조화 및 뭇 생명체들에게 영향력을 행사하여 환 생멸고락을 일으키는 대자연의 유무형의 소리이나 무색, 무취, 무형질하여 무심히 모르고 지나치기 일쑤이지요.

허나 우리는 이제라도 이 소리의 영역을 엄중히 갈고닦아야 합니다. 이는 곧 세상을 밝히고 만물이 공조화협으로써 조화상생을 논할 수 있는 광음법신불이요, 한 울음이요, 여래음이요, 무한한 에너지의 샘이기 때문인 것입니다.

그리하여 희, 구, 애, 노, 탐, 염, 분, 란, 한, 열, 진, 습, 성, 색, 추,

미, 음, 저의 십팔 경계를 이루는 우리의 감, 식, 촉 생활상에 접목시켜 '영혼백'의 참정 기를 찾고, 보다 나은 삶의 질을 높이기 위하여 덕과 혼을 불어넣어서 더더욱 음의 질을 높여 우리 후손에게 물려주어야 할 소명이 있습니다.

대한의 울부짖음이요, 감싸고 껴안음이요, 새 희망과 용기를 불어넣어주며 성냄을 삭이고 자비와 용서와 화해를 키우며 너나 없는 한울의 장을 펼쳐서 대화합을 이룰 수 있는 소리, 서로서로를 사랑할 수 있는 소리, 우리만의 소중한 진리가 깃든 소리. 음양의 조화, 오행의 조화, 천지인의 조화, 이 조화로움을 섞어 현상화·활성화한 우리 선조의 지혜를 따르고 견줄 수 있는 소리 문화가 이 지구상에 과연 얼마나 될까요.

꽹과리, 징, 북, 장구, 구음 이 다섯 가지로 다채로운 천지인, 조화음을 창출해내며 우리들의 내면을 일깨우고 뒤흔들며 심금을 울리고 머리를 일깨워 '활심이신'의 대 원력을 나타냄은 그 어느 소리와도 견줄 수 없는 대한 얼의 유산이 아니겠습니까.

우리의 풍물, 소리마당, 사물, 창가, 민요, 판소리, 고전, 유불선도적 송경 등 소리의 세계가 어우러지는 마당을 접해보신 적이 있습니까? 듣고 행해 보십시오. 가슴으로 느끼고 머리로 느끼고 온몸으로 느껴 보십시오. 맥이 뛰고 살이 떨리고 혈기가 용솟음칠 것입니다. 무언가 모를 거대한 감동이 저 깊은 심천의로부터 생성되어 온몸으로 확산되며 기쁨과 환희에 젖어 목 놓아 웃고 울고 하실 것입니다.

왜 그런지 아십니까? 이 소리에는 우리 민족의 정기와 정서와 얼이

깃들어 있으며 진리가 스며있고 우리만의 동질적인 혈맥과 애증이 녹아있어 우리의 희구애노한의 심금을 울리기 때문입니다.

하므로 이 소리를 접하고 좋아하며 행하는 분이 하나둘 늘어갈 때 이 세상의 그늘은 하나둘 줄어들고, 악심탐심 가진 이는 하나둘 소멸되며 선심애심 가진 이들 하나둘 늘어나서 우리의 이상염원인 '이화세계 홍익인'의 세계가 앞당겨 펼쳐질 수 있습니다,

우리는 힘들고 바쁘더라도 잠시 잠깐씩 짬을 내어 우리의 것, 우리의 소리에 관심을 기울이고 행하여 보십시다. 이리하면 이는 곧 당신의 건강과 행복과 심신의 강건을 길러서 나와 남을 해치지 않고 모든 어려움에 대처할 수 있는 지혜의 힘과 능력이 생겨날 것입니다. 그럼으로써 좌절과 실망을 뛰어넘어 무한의 성공과 발전으로의 달음질에 초석이 되고, 선약이 되고, 식량이 될 것입니다. 소리란 혼(얼)의 울림이자 상이요, 무한한 에너지이기 때문입니다.

한데 이러히 광대하고 신성하며 무한한 소리의 영역을 왜 한낱 타악놀이에 비유하느냐?

단순히 이 사물이라는 어휘에 편협심을 갖지 마십시오. 무한 가지 방편을 일일이 어찌 다 필설로 논할 수 있겠습니까. 하고 많은 것 중 이러히 논설함은 이것은 쉽게 누구도 배격지심이 일지 않으며 누구든 공유공득 공관할 수 있는 것이라 보기 때문입니다,

즉, 너와 나, 샤머니즘, 종교관, 신분고하, 빈부격차, 인종차별 등의 분별지심이 배척되고 무한 음파의 에너지를 느끼며 표현 내지는 설파

할 수 있기 때문에 비근의 예로서 사물을 논하는 것입니다

하므로 우리는 이타 저타의 분별지심을 놓고서 노력하고 성음으로 즐기고 어울려 나가십시다.

인수 정등

우리 인생은 맹수에게 쫓기고 있는 것과 같다.

살기 위해서 도망치다가 낭떠러지로 떨어지던 중 간신히 등 넝쿨을 만나 겨우 그 등 넝쿨을 잡고 매달려 있다. 위에서는 사자가 큰 입을 벌리고 날카로운 이빨로 물려고 하며 밑에서는 독사뱀이 아가리를 벌리고 떨어지기를 기다린다.

이때에 머리 위에 있는 벌집에서 한두 방울의 꿀물이 입으로 떨어지자 그 달콤함에 취해서 위급함을 잊고 있다. 검은 쥐와 하얀 쥐는 번갈아가며 등나무 밑동을 쏠고 있으니 이 어찌 살아있다고 안심하리오.

미혹과 허영과 사치와 우둔함으로 살아가는 중생심의 사바세계는 손길 손길과 발치 발치가 첩첩이요, 봉봉골골이요, 우리의 지나버린 인생살이인 어제는 영원히 못 만나고 닥쳐올 내일은 기약이 없다 하니 현재의 지금 이 순간이 지나고 나면 미몽에 취하여 안일하였음을 누구에

하소연할 수 있겠는가.

미래의 현상도 과거의 망령도 현재 내가 하기 나름이니, 천왕사문(이목구비)을 크게 활짝 열어놓고 참 망의 진리 도를 체득하여 지혜롭고 슬기로운 사람으로 거듭날 수 있도록 최선의 노력을 아끼지 말아야 한다.

그래야만 후회와 미련, 자조와 회한의 허망함을 지워버리고 알차고 보람된 생의 기쁨을 누릴 수 있는 것이다. 현재의 궁핍과 괴로운 심사를 고난으로만 치부하며 우울해 하지 말고 보람찬 행복과 즐거움의 밑거름이요, 씨앗이라는 긍정심을 가지고 무던히 헤쳐 나아가려는 성정과 자세가 필요하다. 이를 고취시키기 위한 비유법이요, 관법이요, 묵조선법이라 할 수 있는 것이다.

그러므로 우리는 이를 통하여 더욱더 일상 수행을 게을리하지 않아야 한다.

발심정득

아용정행에 타용비행이요, 아생락상에 타생락부하면 정사망각에 인
리불찰이요, 선인시비에 후세사고리라.

이는 '자기의 행동이나 생활상 등 모든 사고는 옳고 남들의 그러함
은 잘못이며, 자기의 행복한 삶에는 집착하면서 남들의 행복한 삶은 외
면하면 옳고 그름의 분별력을 잃어버림이니, 인, 의, 예의 도리를 알지
못함이요, 이와 같은 행심으로 우선에는 잘났다 못났다 시시비비에 소
득이 있을지 몰라도 시일이 지나 후에 두고 보면 각종 불협화음의 사심
으로 인한 고통에 허덕이리라.' 하는 충고의 뜻이다.

문고리

문고리 보고 흐흠

문고리 잡고 뱅뱅

문고리 열고 허허

문고리 닫고 에헴

한 이는 감 따고 한 이는 쥐 잡고

한 이는 새 따라 날고 한 이는 말 따라 뛴다

문고리 구경한 이는 천공이 낮고 문고리 갖고 논 이는 천하지 왕인데

문고리 부순 이는 천하 지인 중에 무지렁이로구나!

풍우공

하늘의 맑고 푸른 공덕은

바람과 구름일레라

구름이 있어 그 같음을 알음이요

바람이 있어 그 자태를 나툼이라

흑백청운 동남서북 피어나고

훈풍 한풍 연기 따라 이는 바람

맑은 하늘 푸른 하늘 좋은 기분

즐거움을 누릴 적에

그네들을 놓아놓고

무슨 공덕 누구 덕택 논설하며

왈가왈부 논할쏜가!

명상

승리도

무상도상은 천리도천이요
유상도상은 중리도천이며
유무상도는 하리하천이라
상중하진이며 하중상허니라

무색무취라 자취가 없는 것 같지만 그 진리는 한도 끝도 없는 큰 한
울의 기운이요, 법도이니 무극이라 가히 최상의 하늘 법칙이요,
색, 성, 향, 미, 촉의 상으로 나타남은 있고 없음의 조화로서 즉, 무
극에서 기운의 분열에 의한 상대성 생극으로 인한 법도이니 태극이라
이름하며 이는 곧 중천의 도리이며,
이 무와유의 기운인 무극과 태극의 조화로써 나타나는 현상의 이치
(도)가 금, 목, 수, 화, 토의 오행 기운으로서 나투니, 이의 운용이 우리

들의 살아가는 세상이요, 세속의 이치라 하고 하천의 도리라 고도 하
나니,

상, 중, 하, 천의 도리에 순응하며 관조하면 상생의 이치와 통하고,
하, 중, 상, 천으로 역조하면 상생을 잃고 하생의 고에 허덕이니라!

원득성

천지인도의 삼라만상은
기생심신이며 내외득무라
심신산천이 만기원전이요
타산타천이면 불향원처리라

천지인 도리의 조화 이치에 따르는 대자연의 유무형상의 나툼과 현상의 진리를 탐득함은

정신과 마음으로부터 생겨나는 힘에 따르는 것이나니, 나를 모르고 타를 찾는다면 실로 얻는 게 없으리라!

내 마음과 정신이 모든 힘의 원천이요, 기의 밭인 것일진대 이 같은 나의 밭에 덕화, 도화 아니 심고서 좋다더라, 멋지더라, 기가 세더라 하는 '다더라'에 눈 가볍고 귀 얇아서 휩쓸려 헤매고, 천하명승이요, 명

당지더라, 명기서기가 많더라 하는 뭇사람들의 구설에 편승하여 타심, 타신에 떠돈다면 아무리 좋다 하더라도 자신의 귀가 막히고 눈이 감기고 사지가 실렁하니 그림의 떡이요, 닭 뼈다귀와 다를 게 무어든가.

자신 안에 그릇을 만들고 등불을 밝히고 귀와 눈을 열어 놓고서야 도를 구할 수 있나니, 이를 모르고 타산 타처로만 십수 년을 헤맨들 도향도리의 성득은 꿈도 꾸지 말아야 할 것이다!

아상허실

진아상백도 망아상흑이요

극아상사도 고아상멸이니

흑백십자는 분성심공이며

상하무분이 관아상도니라

'참되고 깨끗하다' 하는 내 마음도 헛되고 어두운 마음이요,

타협과 배려, 화합과 상생의 묘를 저버리는 삿된 마음 또한 나를 높이고 내세우고 잘났다 함이라 할 수 없으니, 참됨과 미혹함의 경계 분별지심은 마음과 정신의 흩어지는 기운일 뿐이니라.

참됨과 미혹함의 분별지심을 없애고 자기를 바라본다면

이를 일컬어 참된 자아를 찾는 최상의 이치(도)라 하는 것이다.

삼정기도

정신정도면 천지신응이며

정심정도면 삼성신응이요

정행정도면 삼보신응이니

청정구비에 이목심정하라

올바르고 정직한 정신을 바르게 행하면 하늘땅의 모든 선신이 감응을 하며, 올바르고 깨끗한 마음을 바르게 행하면 천계, 지계, 인계 즉, 삼 세계의 모든 선신들이 감응을 하는 것이며,

바른 정신과 바른 마음과 바른 행동으로써 올바른 삶의 길을 구가하면 불법승계의 모든 불보살과 삼보선신이 감응을 하는 법이므로,

기도란 항시 입과 코를 깨끗하고 바르게 하며, 눈과 귀와 마음을 항상 올바르게 하기 위하여 노력해야 하는 것이요, 이와 같음이 가장 지대한 기도라 하나니 이로부터 무한복덕이 생겨나기 때문이니라.

인예덕성

고아상도에 천고심망이면
진불성덕의 필망실득이며
아타고저에 발심자재이면
삼보자비라 득불진예로다

자기가 행하고 추구함이나 인의예지 등의 행용법만이 인격의 최고
라 자처하고 타인의 행용법은 가벼이 폄하시키며 마음 씀씀이 하늘 높
은 줄 모른다면,

이는 곧 심신의 정이 죽어감이요, 삼보진인 옛 성현 등의 덕복이 전
무하리니 필경에는 참덕의 구함을 놓치고 어둠의 나락에 떨어져서 지
옥고를 헤맬 것이다.

나를 높일 땐 상대방도 높이고, 나를 낮출 땐 상대를 배려하며, 자비

심과 베푸는 마음을 일으키어 행한다면 이는 곧 삼보전의 자비광명의 덕을 얻으리니

이가 곧 불보살의 진리요, 성현의도와 통하는 것이나니 세세생생 처처마다 도리도화 만발하고, 탐화봉첩 왕래하는 도원경을 거닐면서, 나와 남이 더불어 좋은 불국토에 살리라.

상도

천지인도의 문무진상은
중찰인중에 칠행참상이니
칠원성도가 성정도덕이요
칠원분도하면 삼합사도니라

하늘, 땅, 인물 즉, 대자연 삼합의 지혜와 지력의 밝고 바른 참모습
은 자연계와 인물의 생과 극의 조화 중에 일어나는 일곱 갈래의 묘용되
는 힘이 바른 모습이니, 이러한 일곱의 무리를 예로 든다면 1. 생과 극
중의 양기의 무리 2. 음기의 무리 3. 목기의 무리 4. 화기의 무리 5. 토
기의 무리 6. 금기의 무리 7. 수기의 무리로 크게 나뉘며, [하늘, 별, 해,
달, 공간, 구름, 바람] [국가, 기관, 국민, 가족, 우리, 너, 나] [사람, 동
물, 식물, 나무, 곤충, 물, 불] 등 현존하는 유무형의 모든 대상은 칠원

으로 구분지어 관할 수 있는 것이다.

바로 이러한 칠원의 참묘용을 관할 수 있음이 바른 진성의 모습을 찾음이요, 이 모습들과 통하여 조화를 꾀한다면 이가 곧 신심명의 밝은 정의, 도덕을 이룸이오.

이러한 칠원 세계를 구분지어 따로 행도한다 하면 천지인의 삼합 도에 역행하나니 이를 일컬어 능히 사도요, 말법이라 칭하나니 굳이 이와 같은 각개의 발상만 꾀한다면 오로지 파멸만 초래할 것이로다.

법견유행자

법견유행자 선복이요

법진무행자 악화이나니

참망 유무 분별 망이요

유행지심 참 복락이니라

심행참

고산대목이면 소지향심이요
소산대목이면 대지향심이며
관물소탐은 대지득신이요
관물대탐은 근득원실하리라

어느 정도의 지식이나 재력이 있다 자부하는 사람이라면 누구나 큰 거목이 되고자 하나 이는 다중의 혜택보다는 소중의 혜택에 편중되는 바 지향하는 뜻의 비중이 적음이라 할 수 있음이요,

그러한 능력이 있는 이가 하향심을 가지고 꿈을 키운다면 다중의 혜택이 따르는바 그 지향하는 마음이 실로 크다 하겠으며,

명예나 재물 등 이권에 욕심을 내지 아니하면 실로 큰 불보살의 자비와 성현의 도를 얻을 것이로되,

명예나 재물 등 각종 이권에만 욕심을 내어 삿되고 그릇된 행동들을 눈감아가며 당장의 탐심에만 급급하다면, 우선의 작은 성취는 있을지라도 종국에 가서 보면 보다 크고 많은 것을 잃게 됨을 알아야 할 것이리라!

우여 우여

안이비설신의 주선행 생불이련만

우견 상촉불 하니 우여우여 우인이로다

참망불도

오욕탐착이면 진불무도요
십팔경애하면 예지무도이며
삼관중용에 성인도불이니
삼선통용처가 득불진도로다

색, 성, 향, 미, 촉의 욕구에만 집착하여 분별심과 자제력을 잃는다
면 참진리인 삼보불성의 이치에 통하지 못하고 무지에 헤맴이요,

희구애노탐염, 분란한열진습, 성색추미음저의 열여덟 경계를 집착
하고 남용하려 든다면 천지법도 인의예지의 법도를 모르나니, 진리를
망각하고 사행심만 기름으로써 허망하게 인생의 소중함을 허비함이요,

네가 있으매 내가 있고, 내가 있으매 네가 있음을 자각하고 이러한
너와 나의 생극조화, 운용의 묘리를 중히 여겨 응용하는 법을 지향한다

면 참진삼보와 인의예지의 도리와 통하는 자아를 찾으리니.

　곧 이 같은 너와 나 우리의 삼 세계를 밝고 바른 쪽으로 통하여 운용시키는 자심을 성득한다면 이러한 법심처가 곧바로 삼보전의 불성과 통하고, 진리의 도리를 얻을 수 있는 가장 아름답고도 가꾸기 쉬운 도리천의 정원이로다.

심기화복

심기화복이며 자생멸이니

화고복락이 자생심기이니라

일체고액이 심생기성이나니

만사복락이 일심반전이니라

아인상

아상유생이면 인의예실이요

아상무생하면 유진득예리니

유분지도로써 심고허망이며

무분지애라야 심덕복락이로다

분별지심을 나투일 때 동질적 평등감보다는 자기의 모습에만 우월
감이 고취되어 남을 업신여기고 비하시키는 마음을 일으킨다면 인의
예지 도덕의 상실이요,

이와 같은 우월감의 교만과 가식의 자만심을 버리고 자애와 자비의
절제와 배려심으로 자기를 낮추는 양보의 미덕을 발휘한다면 삼보성
현의 참진도리의 예를 얻을 수 있음이리니.

빈부상하 분별성의 이치로써 도리를 구하려 들면 마음에 고통만 따

르고 물먹은 수박이요, 속 곯은 호박이라.

 뼈 빠지게 지은 농사 허망하리라는 것을 명심하여 아상도 놓고, 타상도 놓고, 너와 나는 동등한 동질적 성향을 가졌으며 다 같이 한세상을 동행한다는 평등심의 사랑과 자비의 원리를 펼쳐야만 너도 좋고 나도 좋은 이화세계, 홍익인의 무릉도원을 거닐 것이로다.

너나 무상견

너 무상하고 나 무상하네
너 견나하고 나 견너하면
필생락이요 득견성하리

유불무불

을을만자 찾고 보니 불심은 간곳없고 만요설만 요동치고

십십성자 찾고 보니 예수가 한숨 쉰다

불성은 하천에 있는데 불상은 고산에 있고

불심은 아궁이에 있는데 부처는 대들보에 있고나

이 마음 고산에 있고 이내 몸 야산에 있네

이내 신은 불심을 따르고

이내 혼은 세속에 매이나니

어찌할꼬 어찌할꼬

이내 자불 어찌할꼬

유무상도

무념무상이 유념유상이요

유념무상이 무념유상이라

물물상청이면 무득견찰이요

심신상청이 순성견찰이로다

나와 남을 비유하거나 좋고 나쁘고 예쁘고 추하고 등의 선악청탁후
박의 생각과 모습이 없다 하는 마음이 실은 모두 갖추고 있음이요,

또한 이와 같이 모두 있다 하는 마음이 실은 모두 여의고 있는 마음
이니,

보이는 모양과 들리는 소리로만 깨우치고 얻으려 하면 보지 못하고
듣지 못함이라 어찌 깨달음을 얻을 수 있겠는가.

하니 본성의 마음과 정신의 경계지심에 연연 말고 아타무상 무음취

처 허공계에서 화신화심의 울림과 모습을 보고 찾기에 주력정진하여야 할 것이로다. 이와 같이 수행정진하여야 함만이 곧 바르고 이치에 맞으면서 자아를 찾아가는 지름길이 되나니라.

사랑

시방의 벌 나비야, 나를 보고 느끼어라

오는 정 막지 말고 가는 정 잡지 마라. 당신이나 나나 한 송이 향기 머금은 꽃일레라.

뜰 잡초 속에 함초롬히 피어있는 야생화도 좋을시고, 고운 손 매만 지는 흑백 장미도 좋을레라.

은은한 향기와 달콤한 꿀물로써 벌 나비를 유혹할 제 이끌린 벌 나 비야, 이내 몸을 불사르고 이 마음을 훌훌 털어 너와 같이 어울릴 제, 하늬바람 춤을 추고 아롱다롱 쌓인 정에 잡고픈 맘 너울진데, 애달프다 이내 한숨 손발 없음 한탄한다.

주야청청 높은 하늘 흰 구름에 물어보니 동남풍에 서북행이요, 서북 풍에 동남행이라.

잔바람에 슬렁슬렁 큰바람에 노도같이 실풍에 깃털같이 두루뭉술 흘러가니 산 높은들 막을쏜가, 천리원정 못 갈쏜가, 물 깊은들 못 건

널까.

한길 막고 잡어본들 허망한, 허망한 뜻이로다.

푸른 들녘 밝은 세상 주야청정 맑은 하늘 훨훨 나는 날갯짓을 볼 수 있는 것만 해도 좋은 복락이어라.

내 울 안에 머물다가 떠나가는 벌 나비야, 배고픔을 채워가고 피곤함을 쉬었다면 네가 비록 나를 마다할지라도 기꺼이 웃음으로 보내리라.

너의 한맘 속에서 나의 영상 그리며 또 다른 벌 나비의 고락을 위하여서 다시 또다시 꿀과 향기를 준비하리.

나의 영혼 지피어서 모두 다의 쉼터를 이룰 수만 있다면 보다 더한 진한 꿈이 어디에 더 있을쏜가.

푸른 물결 일렁일 제 갈매기 떼 노래하고 매화 꽃잎 흩날리매 뭇 새들이 지저귈 제 일엽편주 부여잡고 폭풍 속에 비바람에 동지섣달 설한풍에 온갖 고초 겪지마는 저 지평선 등댓불에 희망 빛이 뻗어난다.

기쁨이 있는 곳에, 아픔이 있는 곳에, 슬픔이 있는 곳에, 나의 영혼 사르오니 시방세계 벌 나비야 나를 딛고 일어서라. 나를 보고 느끼어라, 나를 보고 즐거워하라, 나를 보고 행복을 느껴라, 나를 보고 우쭐하라.

이것이나마 줄 수 있는 진정한 나의 보시품이요. 제불제신의 보살도 행심이리니…….

오늘에도 내일에도 꿈꾸는 벌 나비야, 주는 정들 마다 말고 받는 정성 감사하며 아낌없는 사랑으로 오는 정 막지 말고 가는 정 잡지 마라.

밀물 뒤엔 썰물이 썰물 뒤엔 밀물이 적당히 비우고 적당히 채우는 법.

밤과 낮과 춘하추동 시방순리를 무엇으로 바꿀 텐가.

그렁저렁 품생 품사가 극락도 연화경이로다.

엄니, 용서허유

어미에 한은 불 여귀 되어 망한의 세월 되찾고저 구중천공 산야를 헤매 돌고, 불효자의 한은 뻐꾸기 되어 어미 한을 메우고저 둥지 찾아 떠돌 적에 오뉴월 서릿발 긴긴밤의 칼바람이 매섭지만 그나마 다행일세라.

지친 마음 가다듬고 고단한 몸을 쉬자 하니 올빼미가 방해하고, 귀뚜라미 심술부리며, 하얀 쥐 검은 쥐 이간하고, 개구리는 조롱한다.

이래저래 헤매다 젖은 날개 쉬자 하니 눈보라가 춤을 추고, 비바람 달려들어 같이 놀자 떼를 쓴다.

에고 설움 어이 할꼬? 심신고단 어이 할꼬?

둥지 찾아 기어드니 삼목독사 똬리 틀고 검은 혀 붉은 혀를 좌로 우로 휘두른다.

고산 대산 조용하니 만사 만물을 품건만은 이내 한을 놓아둘 곳 어디에도 아니 뵈고, 수만리 뻗은 강물, 너울 높은 사해 바다 싫다 좋다 아니하고 흑백명암 다 품거늘.

이내 성정 품어줄 곳 대천세계 어데런가, 인아동산 어데런가, 푸른 청산 그 어데런가.

갈 곳 없고 쉴 곳 없는 몸이지만 어쩌니 하여도 분주히 움직인다. 부산히 허둥댄다. 그제도 어제도, 어제도 오늘도 바쁘게 설쳐댄다.

야명주

영신산은 태양되메 온누리를 밝히우고

혼신산은 만월되야 어둠세계 비추이며

백신산은 나비되야 만향만화 어우른다

봉래산이 어드메고 방장산이 어데련가

만선만향 피어나는 영취산을 찾고보니

바로여기 자성심밭 자심만화 내속일세

생활의 지혜와 능력의 참다운 발전 방편은 일상생활 속에서의 생활
선 수행이 으뜸이다.

하면 생활선 수행이란 무엇이며 방법은 어떻게 하는가. 이는 옳고
그름의 경계를 늘 염하고 살펴서 옳은 건 열심히 행하고 그른 것은 절
제하며 고치기 위하여 늘 노력·행동하는 의지와 습관을 기르는 것이

다. 즉, 긍정적이고 진취적 사고로서 희로애락의 환경과 매사의 일상생활을 이어가기 위하여 때때마다 부딪히는 주변 환경과 상황마다 최선을 다한다면 이것이 곧 생활의 지혜와 능력이요, 지혜와 능력을 배양시키는 일상의 선 수행이라 하는 것이다.

이러한 방편으로 열심히 일상생활에 임하다 보면 아무리 어려운 고난이 닥쳐와도 본인 스스로 능히 헤쳐나갈 수 있는 방편의 지혜와 능력이 나오며, 사마외도나 병마, 관재 인재, 구설 우환에 임하여도 능히 이를 타파하고 스스로를 다치지 아니하는 능력과 지혜가 나온다. 또한 지나버린 어제를 후회하지 않으며 고단한 오늘을 탓하지 않고 아직 오지도 않은 내일을 걱정하지 않는 평정심으로서 알차고 보람된 삶을 누릴 수 있는 가장 좋은 방편이다.

한데 이러한 옳고 그름의 본인 생활상을 살피거나 개선하려는 노력을 저버리고 어디에서 누구에게 능력을 얻고 삶의 질을 높이며 행복을 구가할 것인가. 심히 자문하여 볼 필요가 있다.

이 중생을 어이할꼬

여래불성 볼라치면 흑백명암

분별처처 자아정신 집중하고

자아성정 살펴내면 일순만불

친견하고 불심불덕 통하려면

시시비비 솟아나는 옹달샘처

자성심밭 가꿔내고 일궈설랑

선근씨앗 흩뿌리고 가꾼다면

처처일체 성불선덕 선복인데

자아정신 어데두고 자아본심

어데두고 청산풍우 무주부운

바람따라 구름따라 무주공산

헤매이는 중생이여 우직하고

몽매함이 가련하고 불쌍하다

한순간의 일념생기 천념만념

부지불식 일념사기 천사만사

심생념불 심생기성 무한진리

행주좌와 어묵동정 념념생기

활심정명 처처히도 망각하고

왕통방울 대통방울 두개눈만

껌벅껌벅 하얀것은 눈자위요

검은것은 동자인데 한치앞도

보지못할 빛이바랜 등불이여

그와같은 인등보단 차아라리

차아라리 어둠속에 인내하는

저무지한 굼벵이의 방울눈이

더욱더욱 아름다울레라

관심

옛적인연 오늘보니 고달프고 서럽구나

미래인연 오늘보니 걱정되고 애끓고나

머리숙여 존중하고 예의범절 차릴적에

초장남녀 애어른에 차별지심 다를쏜가

오늘에의 팔십장년 엊그저께 젖둥이요

일칠팔세 소년애동 청춘남녀 희희낙락

노닐면서 건들간들 거들먹거리지만

내일에 내일엔 상노인이로다

채움과 비움

원하는게 많다하면 가난쟁이

원하는게 적다하면 알찬부자

가질것이 많다하면 가난쟁이

가질것이 적다하면 알찬부자

누릴것이 많다하면 가난쟁이

누릴것이 적다하면 알찬부자

지킬것이 많다하면 가난쟁이

지킬것이 적다하면 알찬부자

하고픈게 많다하면 가난쟁이

하고픈게 적다하면 알찬부자

챙길것이 많다하면 가난쟁이

챙길것이 적다하면 알찬부자

배울것이 많다하면 가난쟁이

배울것이 적다하면 알찬부자

그러므로 전자는 매사가 불만족으로

심신이 고달프고 후자는 매사에

여유가 생겨 심신의 평안을 누린다

듣자하니 듣자하니

그려 듣자하니 그가 간다하네 온다네
그려 듣자하니 그가 온다하네 간다네
가네가네 간다하니 가는곳이 어데인가
온다온다 온다하니 오는곳이 어데련가
가는곳도 오는곳도 자취일점 없건만은
그저그곳 항시그곳 고요히도 있건마는
심심따라 상상따라 온다하네 간다하네
이제오나 저제오나 이제가나 저제가나
하릴없는 기다림과 부질없는 설렘으로
어젯녘도 오늘날도 하릴없이 지새운다

사랑하는 나의 아들아, 딸들아

사랑하는 내 아들아 딸들아 미안하고 또 미안하구나!

이 아비도 한때는 꿈이 있고 희망찬 미래의 핑크빛 생활의 설계로 고독과 슬픔, 서러움이 쌓이는 한을 참으며 지냈단다.

애들아!

너희들만큼은 암울한 세상살이를 시키지 않으려고 부단히도 노력을 하여 보지만 어찌 내 맘과 뜻대로 잘 되지를 않는구나.

애들아!

세상 만인이 다들 애빌 욕한다 할지라도 너희나마 그러지 말아다오. 너희들의 고달픔과 슬픔을 어찌 모르겠느냐마는 이 애비의 가슴은 칼로 저며 소금물에 재우는 것과 같이 아리고 쓰림을 뉘라서 알겠느냐.

애들아!

하염없이 흔들리며 까라지는 이 마음을 달래이고 부여잡고 이리저리 둘러봐도 보이느니 암영이요, 들리는 것은 서러워 우는 영혼들뿐이구나.

애들아!

너희들을 수렁에 밀어 넣고 웃기야 하겠느냐마는 건져낼 길을 못 찾아내어 바라만 보고 있으려니 이 어찌 애비의 심정이 애끊지 않겠느냐.

애들아!

나는 이제 검불을 부여안고 불 숲으로 뛰어들려 하나니 검수도산인들 어떠하며 무간지옥인들 어떻게 하겠느냐. 내 한 몸을 불살라 후광을 밝힐 수만 있다면 그 길을 가리라.

애들아!

혹여나 이 아비는 어찌 되든 간에 너희들의 심성 흔들림 없이 꿋꿋하게 일어서서 불쌍한 너희의 엄마와 함께 합심하여 이 아비 몫까지 인생의 낙을 누리길 빌고 또 빌며 원하는 바이니라. 부디 살인과 도적질, 사기나 행패만 아니라면 그 무엇인들 정도가 아니라 하겠느냐.

애들아!

남을 가해하는 죄만 짓지 말고 열심히 산다면 그 응보는 꼭 있으리라고 이 아비는 믿는단다. 너희가 그렇게만 살아간다면 이 아비는 검수도산에서 춤추고 화탕에서 헤엄치며 똥간에서 잠을 잘망정 즐거이 노래하리라.

하나가 아빠에게

아빠 저 우리 집의 첫째 딸이에요. 오늘이 아빠의 기쁜 생신이죠.

아빠 우리한테 왜 오늘이 아빠 생신이라고 말 안했어요?

아빠 IMF라서 매일 엄마랑 싸우지만 이젠 싸우지 말아요.

엄마 아빠가 싸우니까 제가 속상해요. 아빠 기운내세요.

그리고 아빠 사랑해요.   −1999년 2월 23일 화요일

세상에서 제일 사랑하는 우리 아빠

아빠 힘드시죠? 아빠 힘내세요.

언제나 우리가 아빠 곁에 있어요.

아빠, 아빠는 우리가 쓴 쓸데없는

편지도 간직해 주시고……   −1999년 7월 26일 월요일

아빠도 엄마와 함께 파이팅!   아빠를 사랑하는 하나가

두나가 아빠에게

아빠 안녕하세요?

아빠 저 두나에요. 제가 아빠에게 해준 것도 없는데 아빠는 우리에게 예쁜 인형도 사 주시는데 우리는 아빠에게 해드린 게 없어요.

참 죄송해요.

그리고 제가 해드릴 선물은 편지 한 장과 리코더를 불러드릴 거예요.

그리고 제가 부를 리코더 제목은 〈학교 종〉이에요.

그런데 먼저 학교에서 장기자랑을 했는데 제 친구 김해인이라는 친구가 리코더를 부르는 것을 보고 집에 오자마자 제가 피아노 다닐 때 어떤 오빠가 준 리코더를 가져다가 오빠가 계이름을 가르쳐 주고 제가 연습을 했습니다.

그런데 아빠.

티비를 보니까 어떤 집은 IMF를 이겨내는데 우리는 엄마와 아빠가 싸워가지고, 우리는 싸우면서 IMF 시대를 이겨내는 것 같아요.

아빠 싸우지 말고 IMF 시대를 이겨내요.

아빠 사랑해요. ♡

아빠의 사랑하는 아들이

아빠 저 성귀예요.

요즘 엄마하고 아빠하고 사이가 너무 나빠진 것 같아요. 그런 모습을 보는 저도 많이 힘들어요.

아침 일찍 일어나 학교 다녀오고 몸이 아파 누워 있으면 엄마가 포장 치자고 깨우면 힘든 내색 안하고 포장을 치고 잔심부름도 하고 집에 들어오면 저도 많이 힘이 들고 짜증이 많이 나요. 그런데 집에만 있으면 엄마하고 아빠하고 맨날 다투는데 짜증이 안 나겠어요.

나는 아무리 힘들고 아파도 힘든 내색을 하지 않고 포장 치고, 친구들이 놀자고 해도 엄마 일 때문에 거절하고. 그렇게 나도 많이 힘들어요. 다른 가족은 공휴일이라 해서 놀러도 가고 그러지만 우리는 그럴 형편이 안 돼 놀러는 못 가도 가족끼리 모여 이야기도 하고 아침밥도 먹으면 놀러가는 것보다 저는 10배 100배 좋을 것 같아요.

그리고 아빠가 저에게 나쁜 길로 빠지지 말아라, 엄마 잘 도와드려라 하고 말했잖아요. 그래서 전 아빠와 한 약속을 지키는데 아빠는 엄마와 안 싸운다고 약속하고 왜 맨날 싸우시는 거예요. 저도 이젠 아빠하고 이야기도 많이 하고 가까이할게요. 저도 나쁜 길로 안 빠지고 열심히 공부하고 열심히 할 테니까 엄마하고 아빠하고 화해하시고요. 우리 가족 웃음을 잃지 말고 이야기도 많이 하고 남부럽지 않게 잘 살아요.

사랑해요, 아빠.

-1999년 5월 21일

단 한 번

천 번을 이야기하고 만 번을 이야기하였건만 단 한 번도 이야기한 것이 없네.

천 번을 귀담아 들었고 만 번을 귀담아 들었건만 단 한 번도 들은 게 없네.

천 번을 자세히 보았고 만 번을 다시 반복하여 보았건만 단 한 번도 본 것이 없네.

천 번을 맡아보고 만 번을 맡아보고 또 맡았건만 단 한 번도 맡은 게 없네.

천 번을 먹었고 만 번을 먹고서도 또 먹었건만 단 한 번도 먹은 게 없네.

천 보를 걷고 만 보를 걷고 걸은 데다 또 걸었건만 단 한 번도 걸은 게 없네.

천 번을 만지고 만 번을 만지고 만진 데다 또 만져 보았건만 단 한 번도 만진 게 없네.

천 번을 누리고 만 번을 누리고 매일같이 누렸건만 단 한 번도 누린 게 없네.

천 번을 행하고 만 번을 행하고 끊임없이 행했건만 단 한 번도 행한 게 없네.

말하자 하니 말할 게 없고 듣자 하니 들을 게 없고 보자 하니 볼 것이 없네.

맡자 하니 맡을 게 없고 먹자 하니 먹을 게 없고 누리자 하니 누릴 게 없고 설하자 하니 설할 게 없고 맡아나 보자 하니 맡을 게 없네.

행하자 하니 행할 게 없으며 걷자 하니 걸을 길이 없으며 만져보자 하니 형체도 없고 형상도 없으니 이것을 무엇이라 할 거나.

굳이 이름 붙이자 하니 그것이라네.

한 줌만 풀자 하면 네 행복 내 행복이요, 내 불행 네 불행이요, 네 것 내 것이요, 내 것 내 것이요, 네 덕 내 덕이요, 내 고난 네 고난이요, 내 병 네 병이요, 내 탓 네 탓이요, 희로애락이요, 오욕칠정이요, 생로병사로다.

단 한 번만이라도 바르게 체득하여 해소하고 싶지만 이러한 것들은 명예나 재력으로 해결됨이 아니요, 세력의 힘이나 나약함으로도 해소되는 게 아니다. 또한 여타의 교학으로 체득할 수도 없다. 이는 오로지 자성을 밝히는 데서 알 수가 있으며 해결될 수 있는 것이다.

하면은 어떻게 하여야 자성을 밝히는 법이 될까나? 고민하고 고민할 필요가 없다. 지금 바로 이렇게 시작하면 된다. 아타의 분별지심을 줄이고 교만과 자만, 아승적 아집과 독선을 줄이고 이해와 배려와 평등심과 상호 존중의 덕성을 기르며 선심선행을 늘리고 악심악행을 하지 않도록 노력하는 것이다. 하면은 어느 시점 문득 보니 단 한 번만이 아니라 천 번 만 번 희열을 느끼고 누리는 자신의 생을 체감할 것이다.

비사랑 타령

사—랑 사—랑 내 사—랑아 어—화 둥—둥 내 사랑—아

이—리 보아—도 내 사랑 저—리 보아—도 내 사랑

보고 보고 다시 보아도 알 수 없는 내 사랑

앉고 보고 서서 보고 헤쳐 보아도 알 수 없네

하얀 것이 내 사랑이냐 검은 것이 내 사랑이냐

인욕애욕 다 놓는다 해도 놓을 수 없는 내 사랑아

니 얼 쓰고 내 얼 써도 잡을 수 없는 내 사랑아

선 사랑이 내 사랑이냐 내 사랑이 선 사랑이냐

아기씨 사랑도 내 사랑 아줌씨 사랑도 내 사랑

강아지 사랑도 내 사랑 고양이 사랑도 내 사랑이요

아저씨 사랑도 내 사랑이요 아버지 사랑도 내 사랑

누렁소 사랑도 내 사랑 얼룩말 사랑도 내 사랑이요

핫바지 사량도 내 사량이요 저고리 사량도 내 사량

산천초목도 내 사량이요 풍운우뢰도 내 사량이라

얼씨구 좋구나, 치화자자 좋구나, 아니 놀지를 못하겠네

이 사량 저 사량 다 챙겨서 자성심밭 대대풍이 절로 드니

사—량 사—량 비사량—이야— 비사량 비사량 사량이야

비—비사량이 줄줄이도 나는구나, 절—절이도 나는구나,

이얼 쓰구나, 좋을씨구 저얼 쓰구나, 좋을씨구

이얼 쓰고 저얼 쓰고 씨구씨구 좋을씨구

씨구니 씨구니 좋구나 좋—아,

덩실 춤이 절로 난다 어깨춤이 절로 난다—

어화둥둥 내—내—비—비사량—아—

이리 뱅뱅 도리 뱅뱅

임이여, 사무치는 임이여.

불철주야 무시 무때 오매불망 내 임이여.

만근철삭 부여매도 잘도 튀는 내 임이여.

부여잡고 매달리고 때로는 응석으로 때로는 애교로 때로는 패악질로 때로는 공갈 협박과 폭언으로 때로는 살근 살록 달콤한 말로 때로는 애교 어린 자태로 유혹하고 현혹시켜 잡으려 해도 반응 없는 내 임이여.

앞산에 숨었는가, 뒷산에 숨었는가, 만장 물속 숨었는가, 만 리 강산 구중궁궐 숨었는가.

대천대산 중천중산 소천소산 인세물세 찾아봐도 곱디고운 그 내 임은 왜 이리도 무정한지 일 점 한 올 자취 없네.

애꿎은 청산부운 야속하고 북풍한설 야속하여 한탄하고 탄식하며 불러보는 그 임네란 서방님도 아니요, 부인님도 아니요, 남정님도 아니요, 아낙님도 아니요, 부귀와 명예님은 더더욱 아니요, 탐 사욕도 아니라네.

임이라 칭송하고 불리는 건 존중과 배려요, 평등과 이해요, 서로의 이로움이 상존하는 아타 상생의 어울림이라오.

한데 그런데 날개도 없는데 왜 저리 잘 날아가는가. 다리도 없는데 왜 저리 잘 뛰는가. 바퀴도 없는데 왜 저리 잘 구르는가.

바람 사이로 달리고 구름 폭에 뒹굴고 만장 철벽 훌쩍 넘고 천길 벼랑 뛰어넘고 천 리 만 리 한순간에 훨훨 날아 표연히도 사라지니 숨 막히고 힘이 달려 근근이 찾다 찾다 그 자취를 놓쳤다네.

요리 찾아 조리 찾아 동분서주 헤매다 심신이 모두 지쳐 잠깐 한숨 눈 붙이니 어 여 어 여 이럴 수가. 거기에 그곳에 다 모여 있네. 🐟